書泉出版社印行

本書特色

看圖認識單字 快速有效

看圖記憶單詞，採取意象的方式接收資訊，讓自己在腦中直接有了單字的形象。在看著精美插圖的同時，不知不覺地就把單字記起來了。

最用心的法語學習書

本書和別本書不一樣的特色是，每一頁內容都是精心規劃設計，沒有一頁的版型是一樣的，是最用心的法語學習書。

重點收詞

針對法語初學者做重點收詞。日常生活不會用的冷門詞彙不會在本書出現。把重點集中在本書的必備單詞，可以讓學習法語的人，省下不少背艱深不常用詞彙的時間。

搭配mp3光碟 效果倍增

本書隨書附贈mp3光碟，特請外國老師錄音，幫助讀者說出標準的法語。

附贈單字練習本

除了「眼到」，透過「手到」，進而「心到」。藉著我們提供的單字練習本，順利達到擴充自己詞彙量的目標。

圖～圖～圖～
看圖輕鬆學法語！

親愛的讀者，你挖到寶啦！「法語大獻寶」是一本簡單到不行的法語學習書。其中收錄日常生活中最常用、最重要的詞彙，以圖解的方式呈現給學習法語的每個人。

你覺得學法語辛苦嗎？你背單字遭遇了困難嗎？本書是你學習法語的法寶。打開本書，就好像進入了寶山，突然發現，原來學習法語是這麼的容易：每個單詞都配有插畫，使你原本枯燥乏味的死記工作，變成好像看漫畫書一樣地輕鬆。配合隨書附贈的MP3光碟及單字練習本，幫助法文初學者可以更快速、更有效地記憶單字，說出更標準的法語。

目錄
Sommaire

CD-01

01 身體 le corps

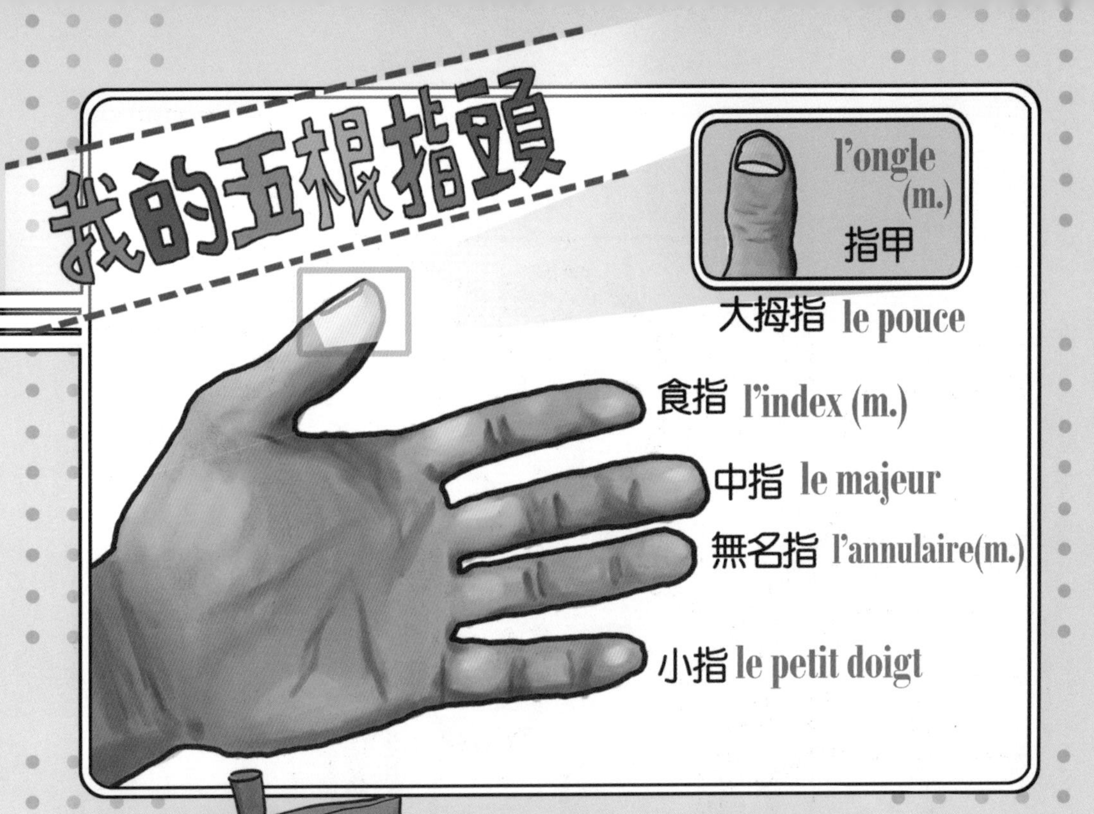
我的五根指頭
l'ongle (m.)
指甲
大拇指 le pouce
食指 l'index (m.)
中指 le majeur
無名指 l'annulaire(m.)
小指 le petit doigt

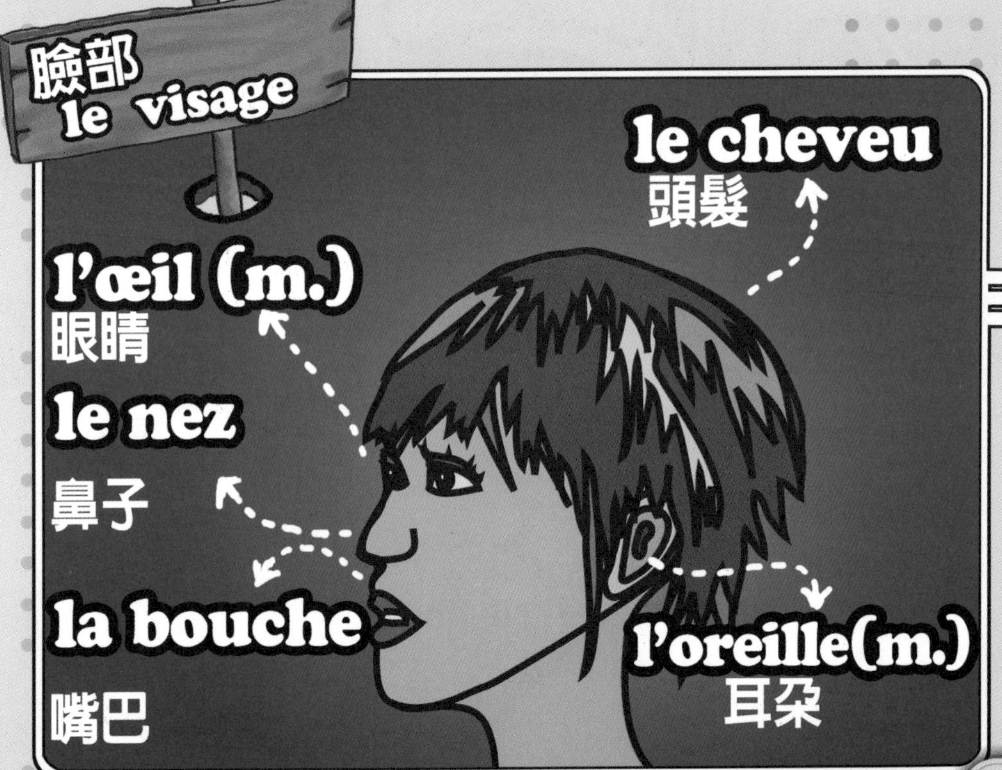
臉部
le visage
le cheveu
頭髮
l'œil (m.)
眼睛
le nez
鼻子
la bouche
嘴巴
l'oreille(m.)
耳朵

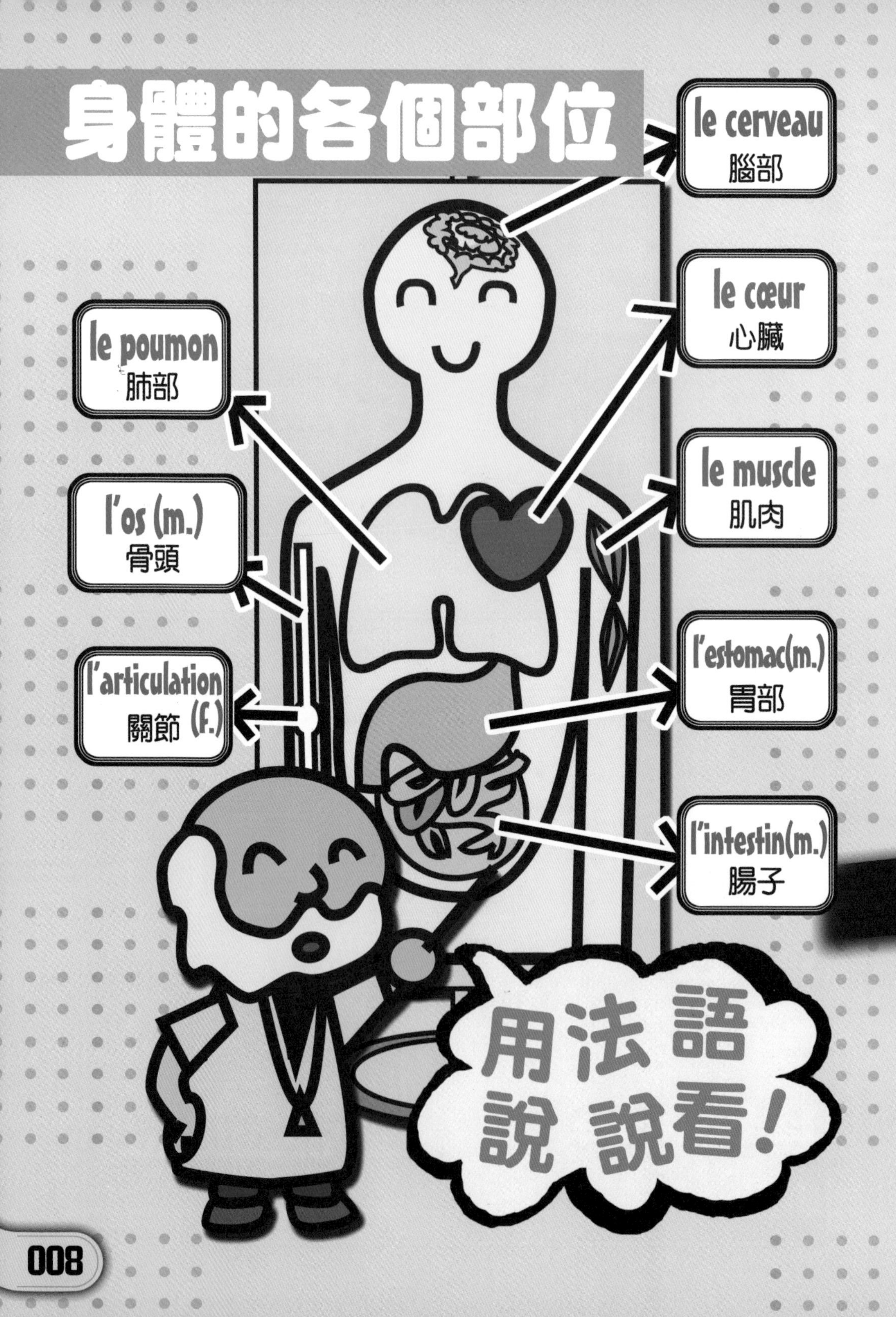
身體的各個部位
le cerveau
腦部
le cœur
心臟
le poumon
肺部
le muscle
肌肉
l'os (m.)
骨頭
l'estomac(m.)
胃部
l'articulation (f.)
關節
l'intestin(m.)
腸子
用法語說說看！

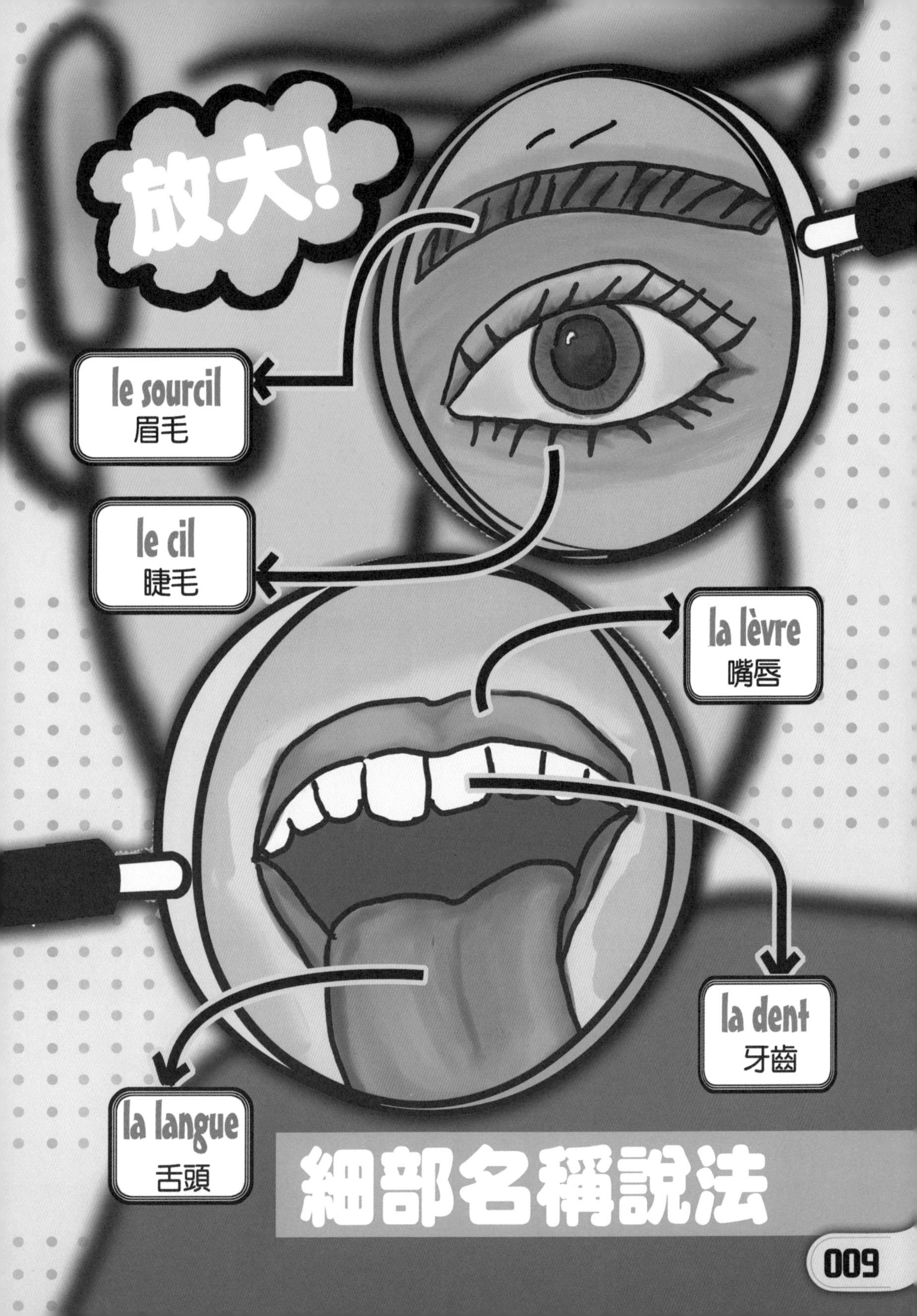
放大!
le sourcil
眉毛
le cil
睫毛
la lèvre
嘴唇
la dent
牙齒
la langue
舌頭
細部名稱說法

我們的身體感官

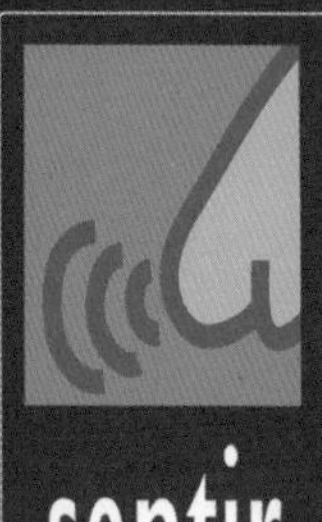

記起來了嗎？

CD-02

02 動作 le mouvement

pousser 推

tirer 拉

sauter 跳

courir 跑步

看過來！看過來！這邊還有其他的動詞！

aller 走去	jeter 投擲
venir 過來	s'accroupir 蹲著
traîner 拖	fuir 逃跑
tourner 轉動	applaudir 拍打
secouer 搖	se lever 起來
frapper 打	s'asseoir 坐下

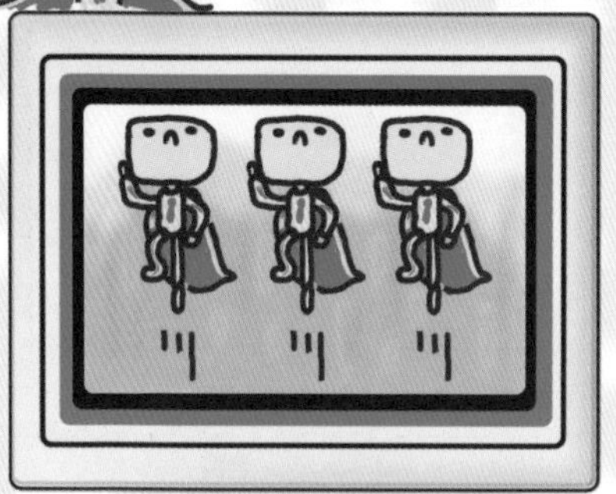

voler 飛

donner un coup de pied 踢

assis(adj.) 坐著的

reposer 休息

CD-03

03 外貌 l'apparence

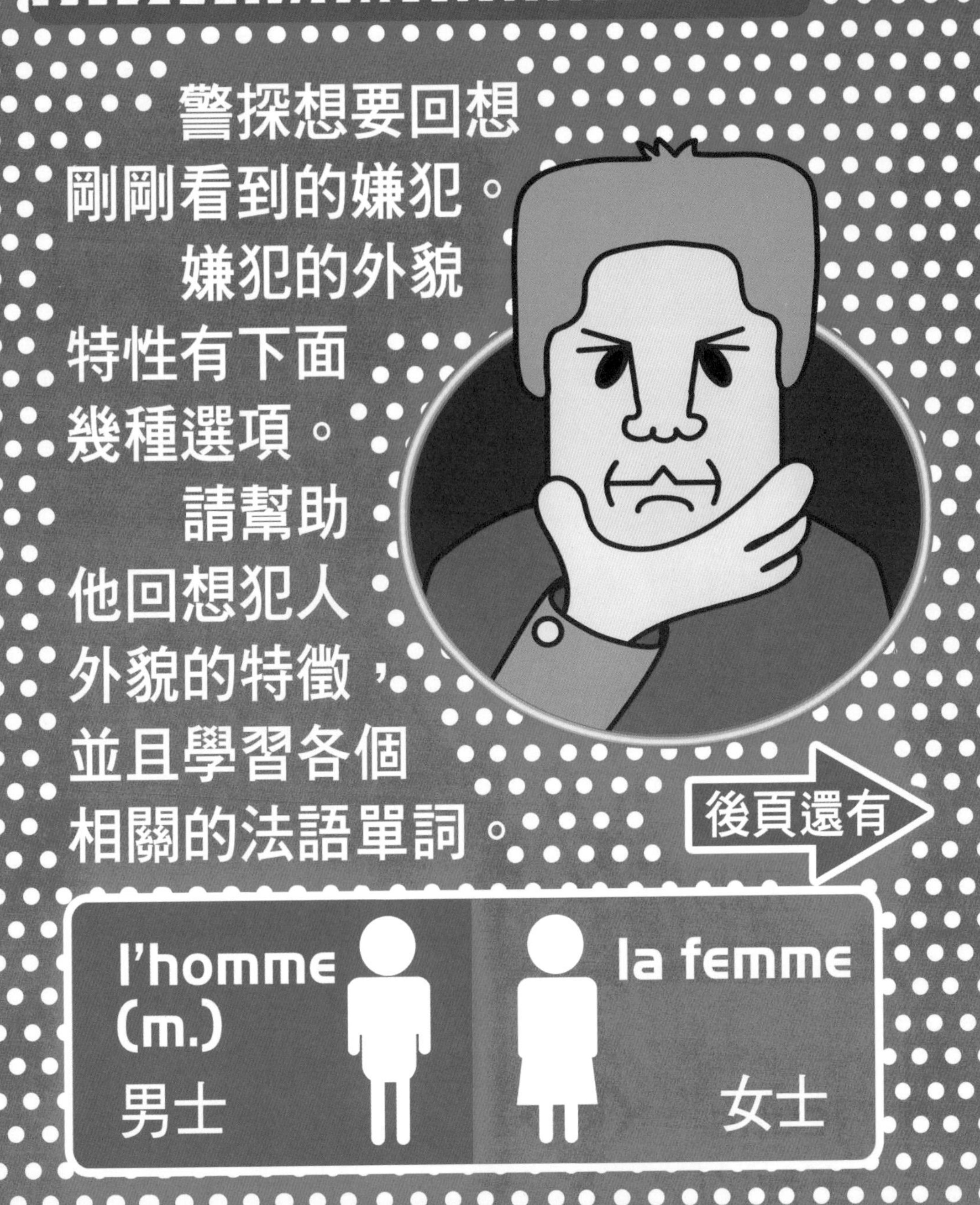

各種不同的外貌

jeune
年輕的

vieux
年老的

強壯的	fort
斯文的	doux
苗條的	svelte
英俊的	beau
可愛的	mignon
性感的	sexy
長髮	les cheveux longs
短髮	les cheveux courts

其他相關的形容詞

嗯…，究竟嫌犯長的是什麼樣子呢？

CD-04

04 情緒 le sentiment

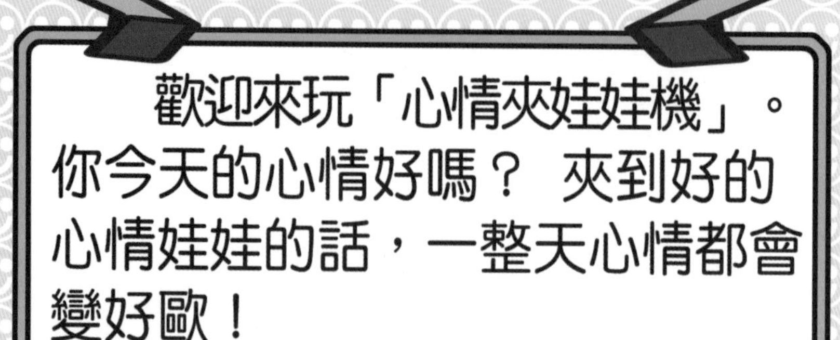

歡迎來玩「心情夾娃娃機」。你今天的心情好嗎？ 夾到好的心情娃娃的話，一整天心情都會變好歐！

joyeux
歡喜的

furieux
狂怒的

triste
哀傷的

heureux
快樂的

soucieux
擔心的

satisfait
滿意的

envieux
羡慕的

craintif
害怕的

enjoué
快活的

憂鬱的心情

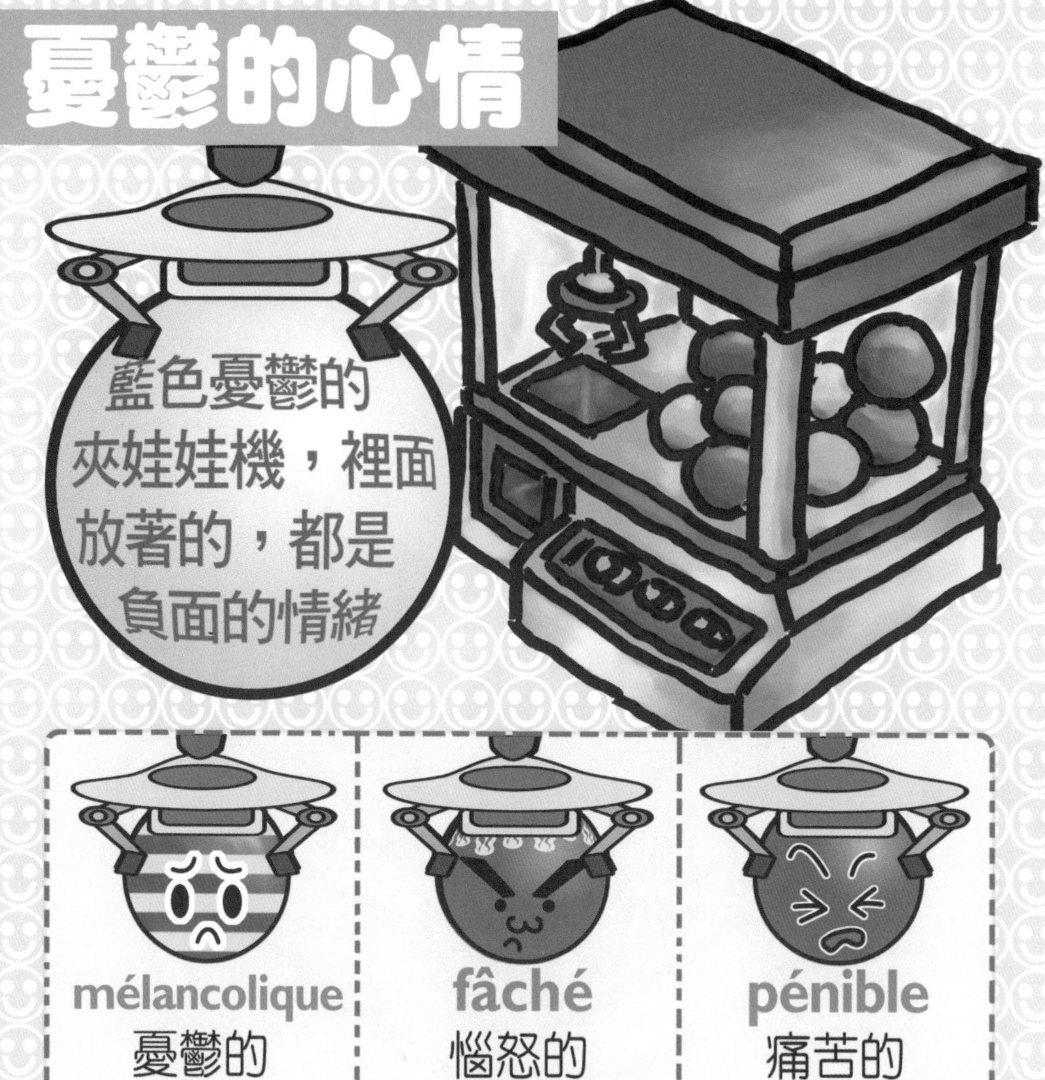

mélancolique
憂鬱的

fâché
惱怒的

pénible
痛苦的

nerveux
煩躁的

déprimé
沮喪的

déçu
失望的

CD-05

05 家庭 la famille

你會用法語說出家庭的各個成員嗎？現在就來學習這些基本且重要的單詞！

我的親戚

Les parents

la mère
媽媽

le père
爸爸

le fils
兒子

la fille
女兒

la sœur
姊姊 / 妹妹

la grand-mère
祖母 / 外婆
le grand-père
祖父 / 爺爺
l'oncle(m.)
叔叔 / 伯父
la tante
姑姑 / 阿姨
le frère
哥哥 / 弟弟
le cousin
表哥 / 表弟
la cousine 表姊 / 表妹

06 住家 la maison

這個單元裡面我們要介紹的主題是住家的各個房間。

看著圖片說出各個房間的法語名稱。

客廳的各種家具

上一頁我們介紹過
法語的客廳是 le salon，
這一頁我們繼續學著用
法語說出各種家具的名字。

la télévision
電視

le climatiseur
冷氣機

la fenêtre
窗戶

le canapé
沙發

l'armoire (f.)
櫃子

l'étagère(f.)
架子

l'horloge
鐘 (f.)
le
téléphone
電話
le tapis
地毯
la lampe
燈
le vase
花瓶
le
ventilateur
電扇

臥室的各種東西

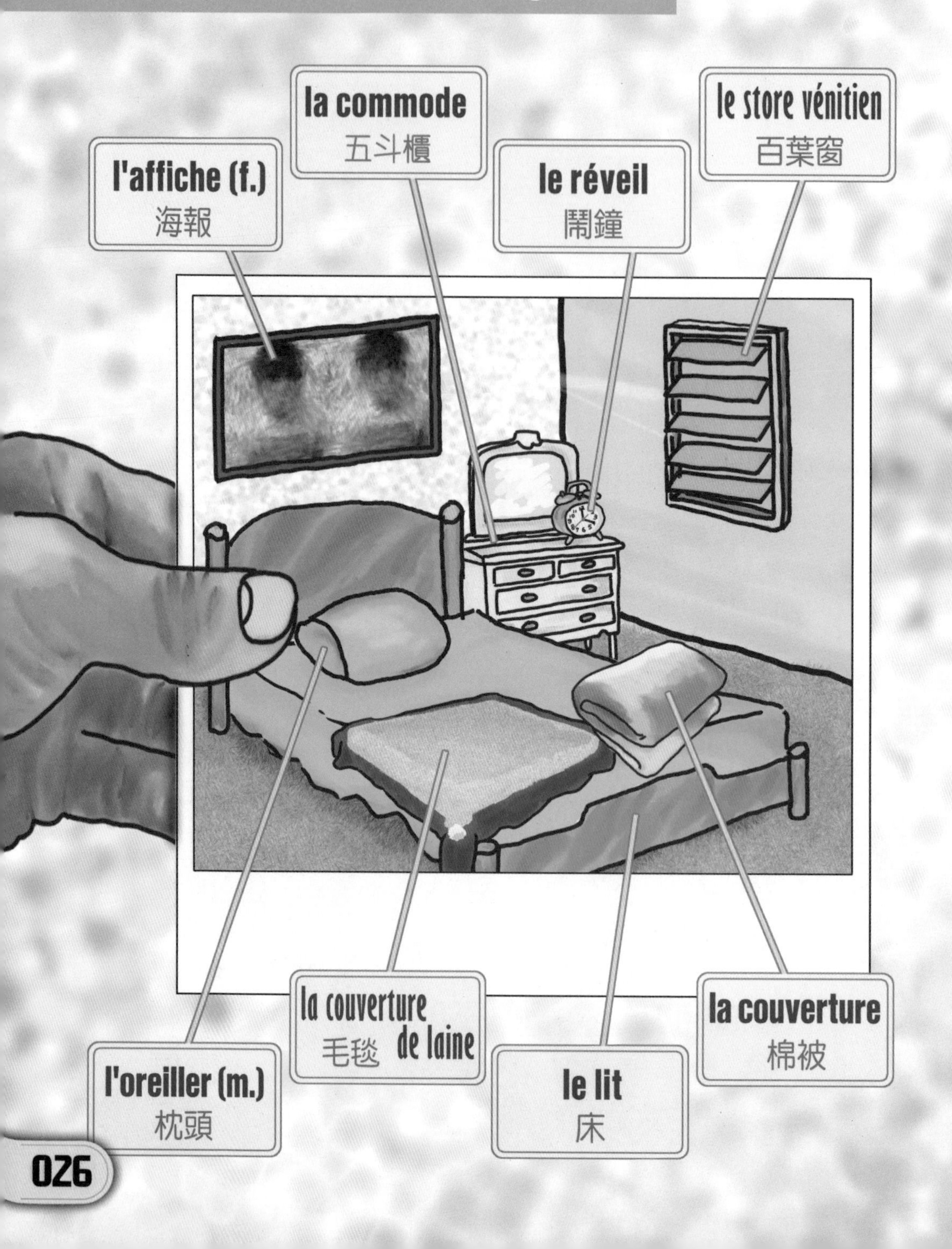

la commode
五斗櫃
le store vénitien
百葉窗
l'affiche (f.)
海報
le réveil
鬧鐘
la couverture de laine
毛毯
la couverture
棉被
l'oreiller (m.)
枕頭
le lit
床

la carte d'identité
身份證
le parfum
香水
le briquet
打火機
la pince à ongles
指甲刀
la balance
體重機
la clé
鑰匙
le rouge à lèvres
口紅
le vernis à ongles
指甲油

房間裡的小東西

浴室的各種東西

這些單詞用法語怎麼說呢？

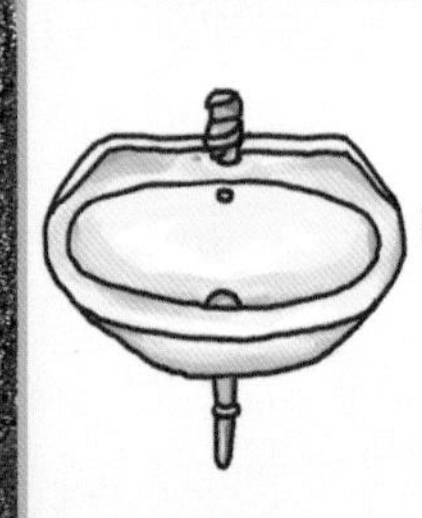

la cuvette
洗臉盆

la baignoire
浴缸

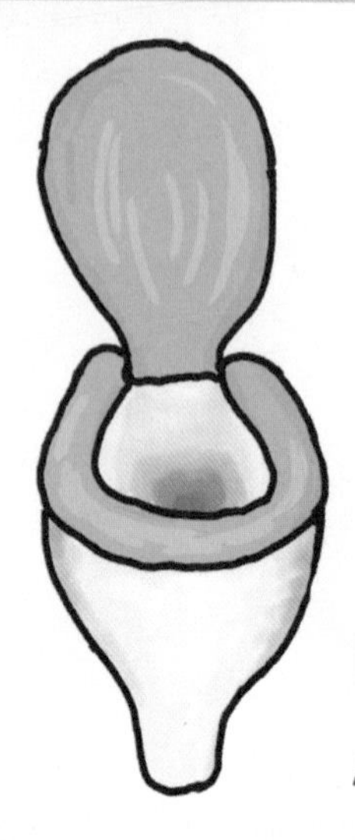

le WC
馬桶

le shampooing
洗髮精

le gel douche
沐浴乳

l'après-shampooing
護髮乳

le savon
肥皂

le dentifrice
牙膏

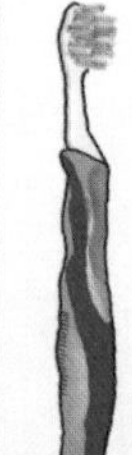

la brosse à dent
牙刷

la salle de bain

照一張廚房的相片

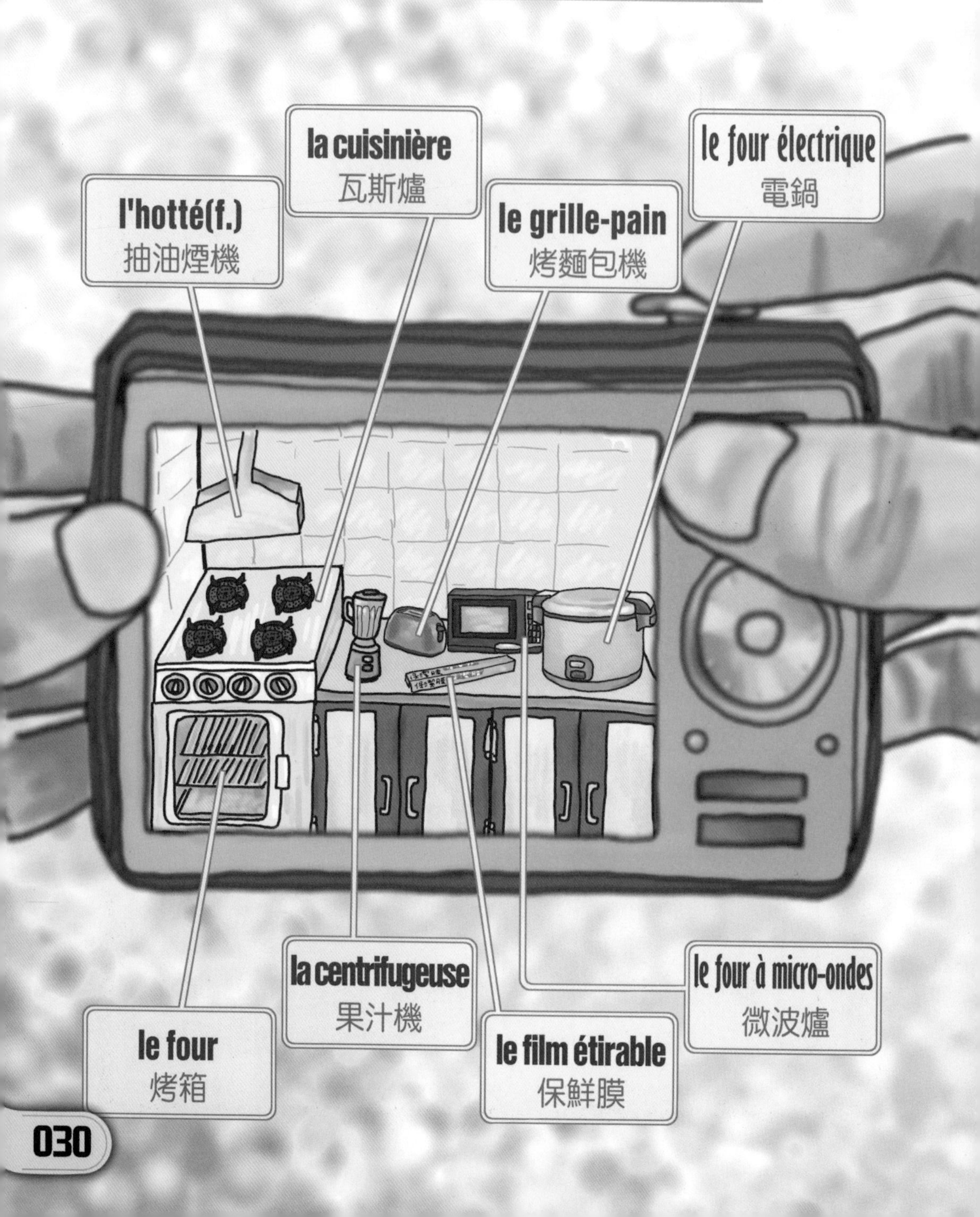

la cuisinière
瓦斯爐
le four électrique
電鍋
l'hotté(f.)
抽油煙機
le grille-pain
烤麵包機
la centrifugeuse
果汁機
le four à micro-ondes
微波爐
le four
烤箱
le film étirable
保鮮膜

le robinet
水龍頭
le frigo
冰箱
la poêle
平底鍋
la cafetière
咖啡機
le sac plastique
塑膠袋
罐頭
罐頭
la poubelle
垃圾桶
la conserve
罐頭

廚房裡的各種東西

各種不同的房屋

不同高度、不同類型的房子，名字也各不相同。
l'appartement
公寓(m.)
le foyer
宿舍
la maison en serie
連棟房屋

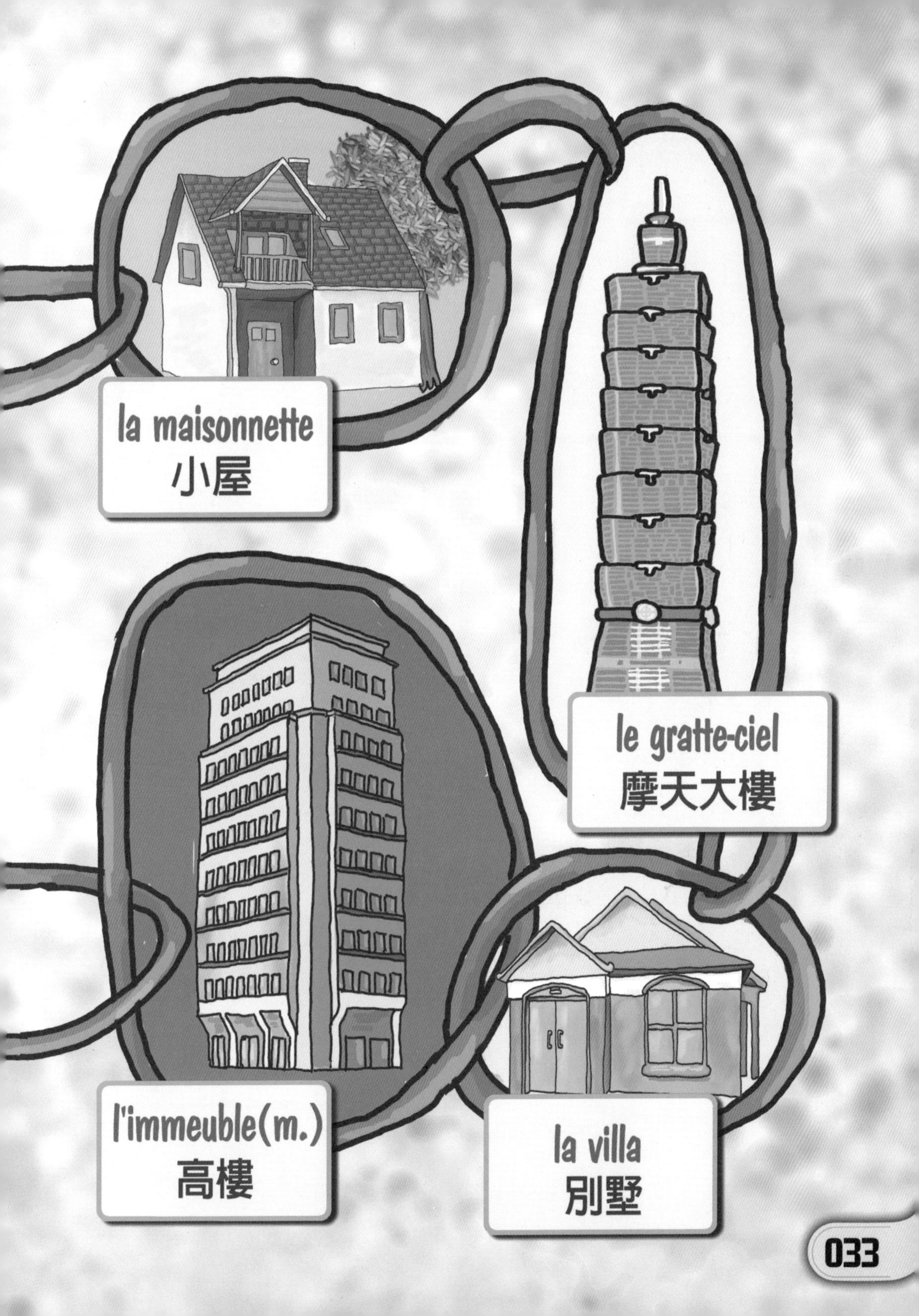
la maisonnette
小屋
le gratte-ciel
摩天大樓
l'immeuble(m.)
高樓
la villa
別墅

07 教室 la classe

CD-07

同學們，上課嘍！
今天我們要教大家，
教室裡各種事物的說法...

1. l'instituteur (m.) 老師
2. l'élève (m.) 學生
3. le livre 書
4. la table 桌子
5. la chaise 椅子
6. l'éponge (f.) 板擦
7. la craie 粉筆
8. le tableau noir 黑板
9. le haut-parleur 擴音器
10. la carte 地圖
11. le dictionnaire 辭典

+11y=16 ....(1)
+5y=16 ....(2)
⇒ 6x-6y=0 ⇒ x=y
⇒ 16x+16y=32
⇒x+y=2
∴ x=1, y=1※
值日
⑥
⑦
⑧
⑨
⑩
一起来學習吧!

和學校相關的單詞

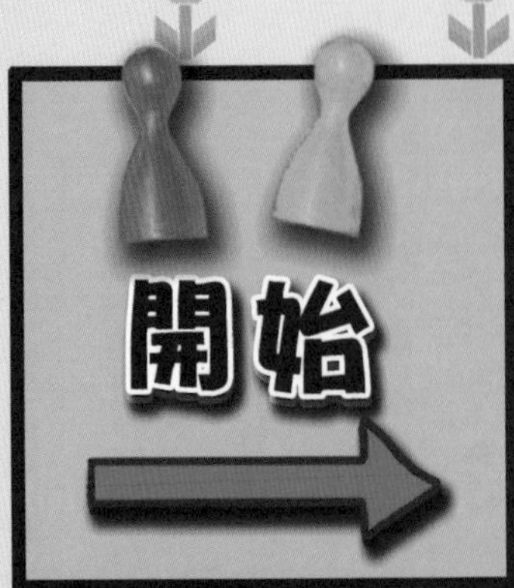

大學生，交學費五萬

l'étudiant(m.)
(男)大學生

上課中，暫停三次

la physique
物理

機

前進兩格

la note
分數

隨堂考
請翻機會卡

la dictée
聽寫

來玩大富翁吧！一面玩遊戲，一面學習各種和學校相關的單詞...

考試通過
得5000元

réussir
考試通過

考試被當付學分費

recalé
考試被當

考試及格 得200元

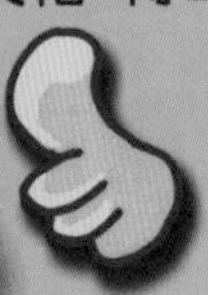

passable
考試及格

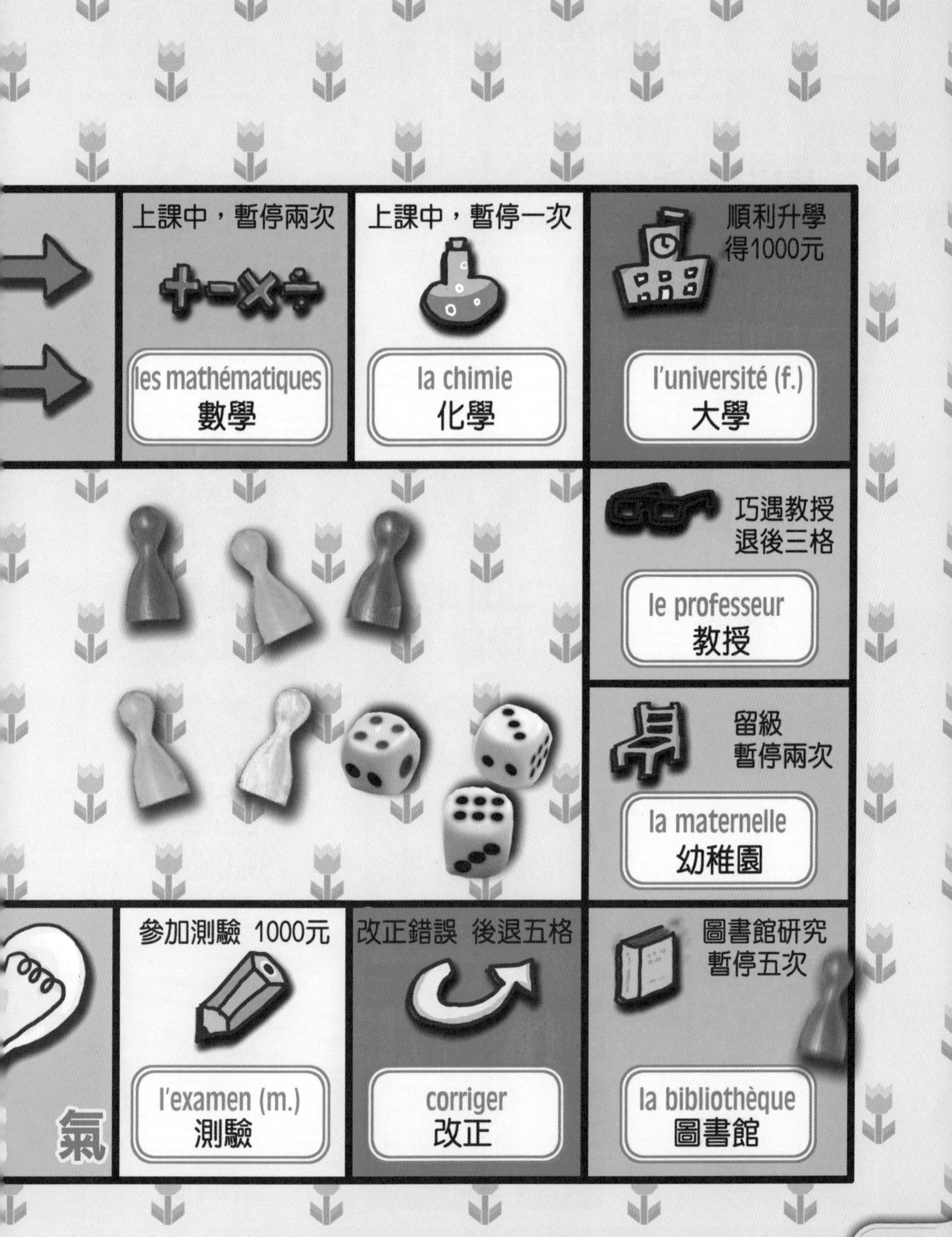
上課中，暫停兩次
les mathématiques
數學
上課中，暫停一次
la chimie
化學
順利升學
得1000元
l'université (f.)
大學
巧遇教授
退後三格
le professeur
教授
留級
暫停兩次
la maternelle
幼稚園
參加測驗 1000元
l'examen (m.)
測驗
改正錯誤 後退五格
corriger
改正
圖書館研究
暫停五次
la bibliothèque
圖書館
氣

08 文具
les articles de papeterie

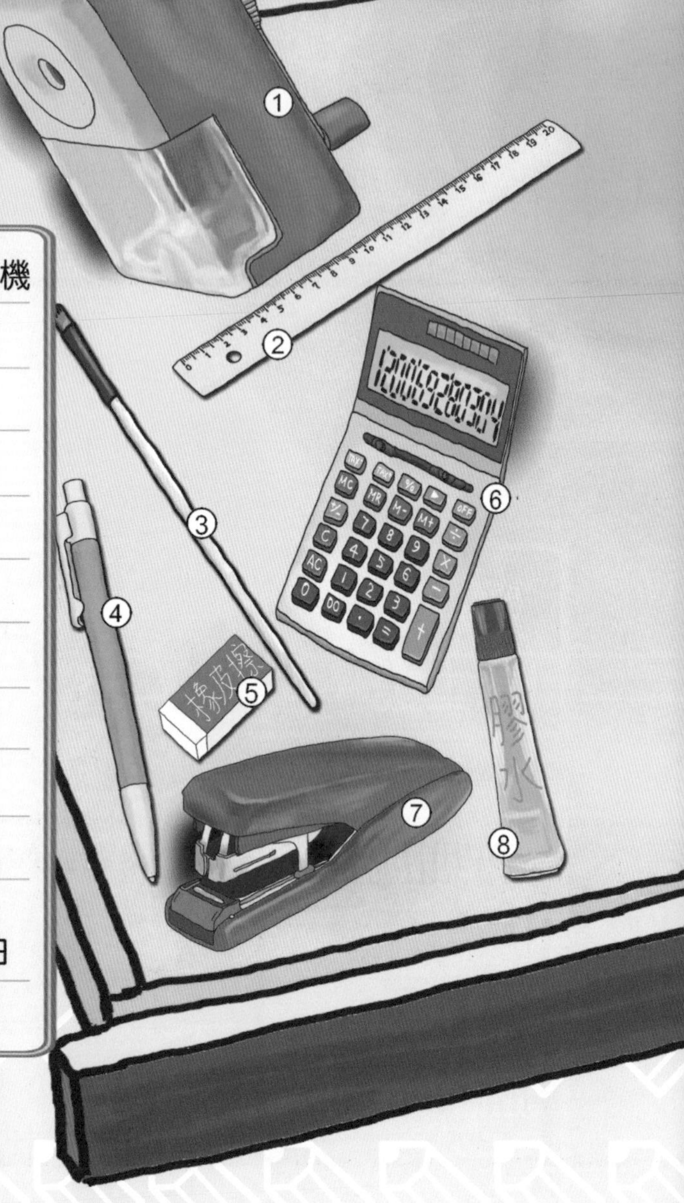

1. le taille-crayon 削鉛筆機
2. la règle 尺
3. le pinceau 水彩筆
4. le stylo 原子筆
5. la gomme 橡皮擦
6. la calculatrice 計算機
7. l'agrafeuse(f.) 釘書機
8. la colle 膠水
9. le compas 圓規
10. le rapporteur 量角器
11. le correcteur liquide 立可白
12. les ciseaux(pl.) 剪刀

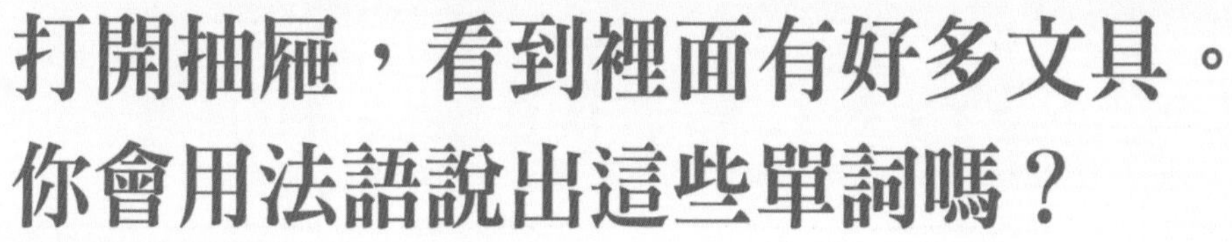

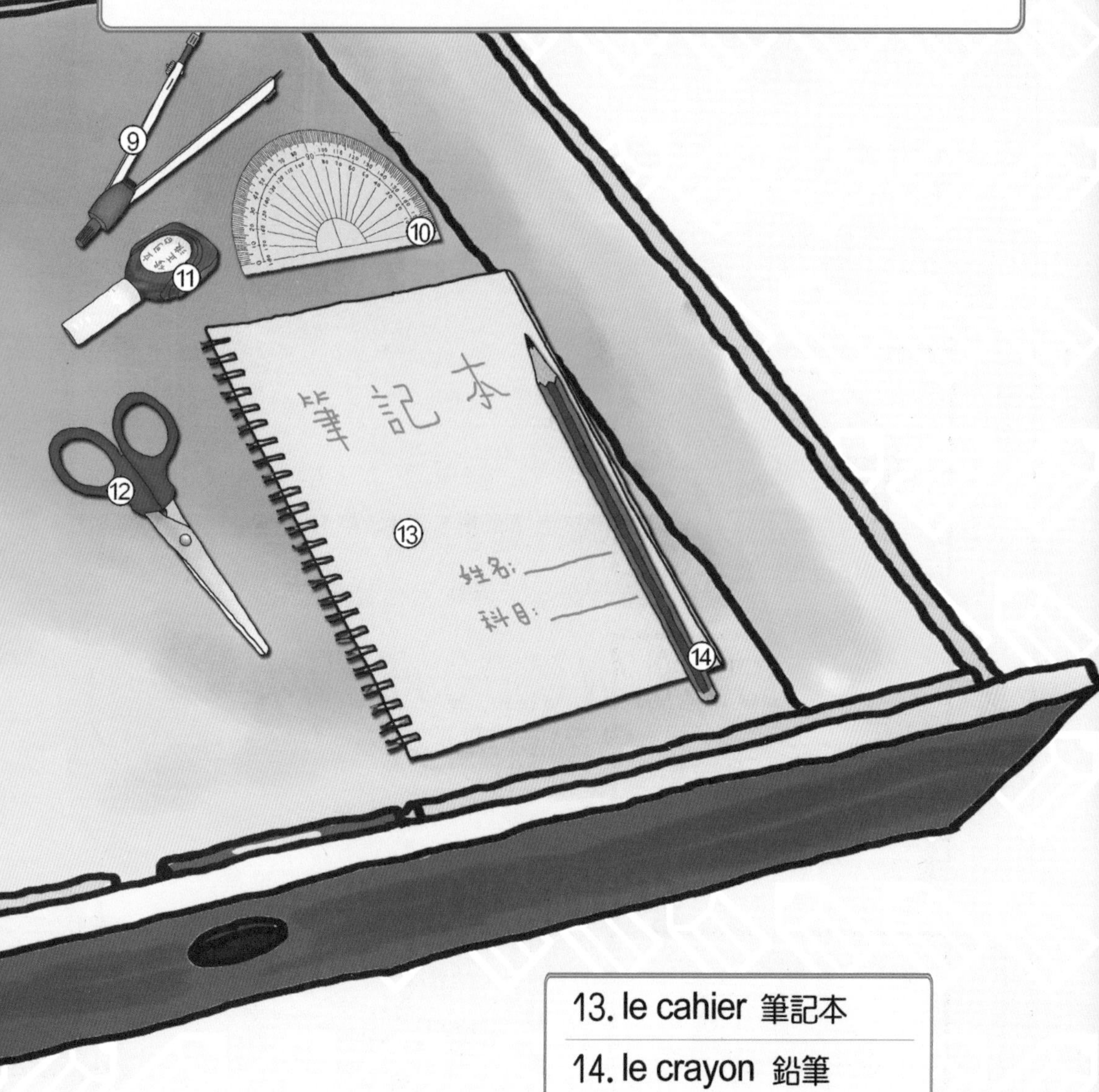

13. le cahier 筆記本

14. le crayon 鉛筆

各種法語的介系詞

學了各種文具的說法以後，接著再利用介系詞來說明各種文具的位置。

sur

鉛筆在桌子的上面，
用sur來當介系詞。

sous

剪刀在桌子下面，
用sous來當介系詞。

au-dessus de

橡皮擦在桌子上方，
用au-dessus de當介系詞
。

à l'intérieur

尺在抽屜裡面，
用à l'intérieur來當介系詞。

devant

膠水在箱子的前面，
用devant來當介系詞。

derrière

計算機在箱子後面，
用derrière來當介系詞。

entre

立可白在削鉛筆機中間，
用entre當介系詞。

09 食物 la nourriture

CD-09

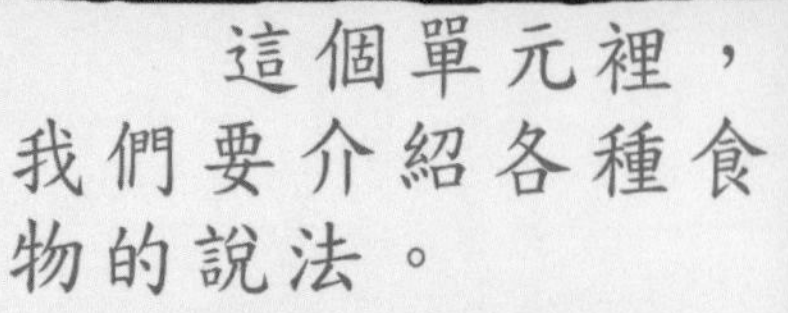

這個單元裡，我們要介紹各種食物的說法。

從早餐開始，學習說出各種食物。

開始

le petit déjeuner
早餐

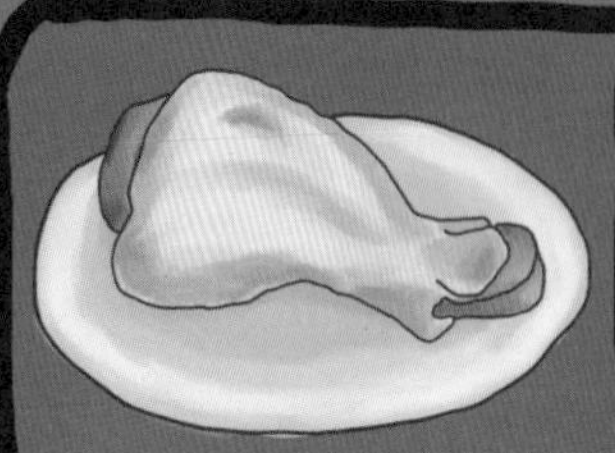

le poulet
雞肉

le poisson
魚肉

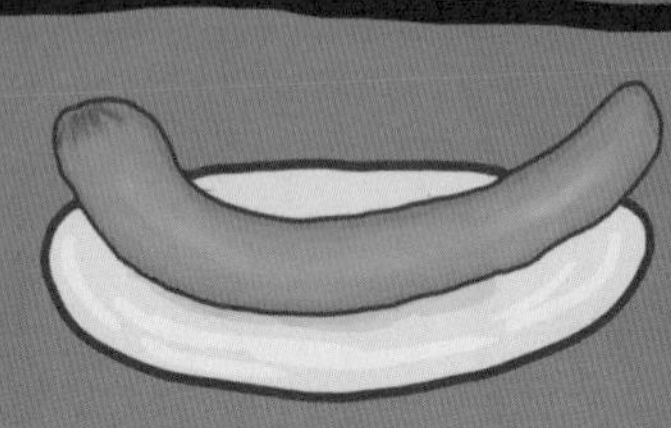

la saucisse
香腸

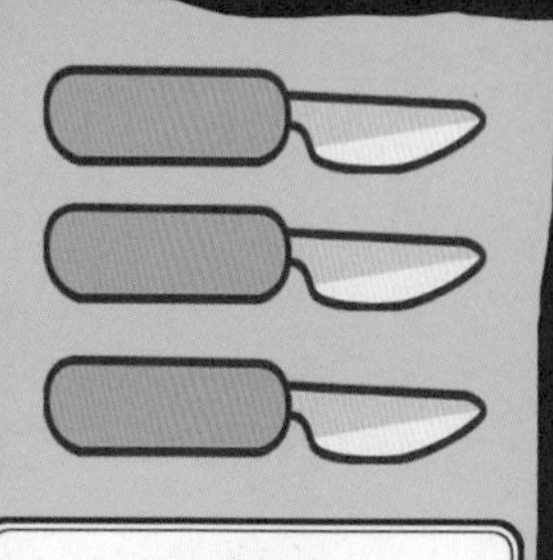

le dîner
晚餐

le bifteck
牛排

la nouille
麵

l'œuf (m.)
蛋
le sandwich
三明治
le jambon
火腿
les spaghettis
義大利麵
le déjeuner
午餐
le riz
飯
la salade
沙拉
le potage
湯
結束!
飽!

麵包與甜食

le pain et la sucrerie

麵包甜點方塊？
沒聽過嗎？
來玩玩看吧！

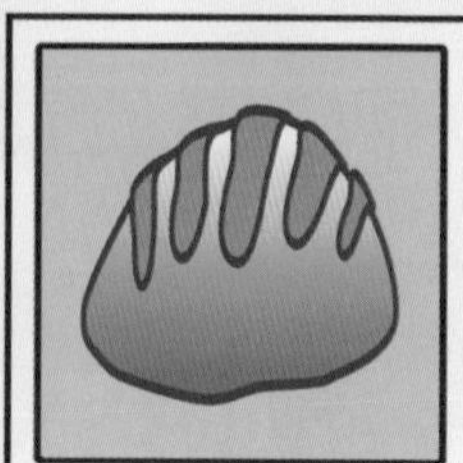

le pain
麵包

le pain grillé
土司

la baguette
棍型麵包

l'hamburger
漢堡 (m.)

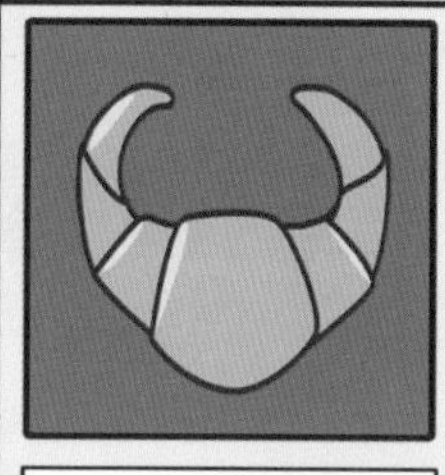

le croissant
牛角麵包

le beurre
牛油

le gâteau
蛋糕

le fromage
乳酪

la confiture
果醬

le biscuit
餅乾

le bonbon
糖果

le chocolat
巧克力

la glace
冰淇淋

le flan
布丁

各種飲料

歡迎來到飲料迷宮！
從入口進入後，說出
各種飲料的法語名稱！

l'eau (f.)
水

l'eau minérale (f.)
礦泉水

le café
咖啡

le thé
茶

le jus de fruit
果汁

le jus d'orange
柳橙汁

la boisson gazeuse
汽水

le coca
可樂

le lait
牛奶

la bière
啤酒

le vin
葡萄酒

le whisky
威士忌

le cognac
白蘭地

le champagne
香檳

10 味道 le goût

CD-10

這個單元要介紹的是各種味道(le goût)以及鼻子會聞到的香味(l'odeur)。

請大家以玩吃角子老虎的心情，輕鬆地學習本單元裡要介紹的單詞。

甲意贏的感覺！
獎金 1.099.378
BAR
BAR
BAR
piquant辣的
辣椒
le piment
鹹的
salé
醬油
la sauce
de soja
爆
爆米花
le pop-corn
香的
odorant
臭的
puant
豆腐
le fromage
de soja

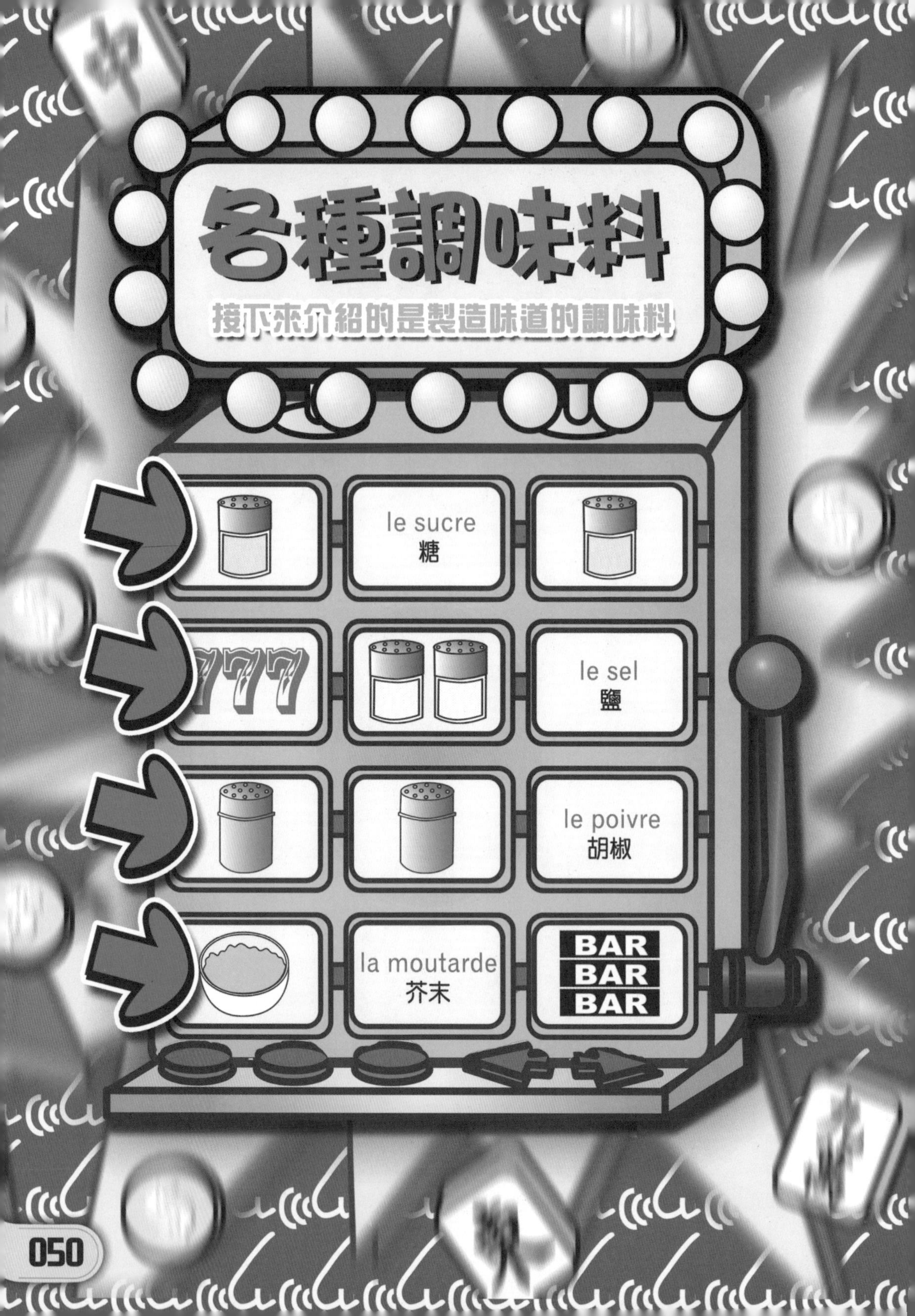

各種調味料
接下來介紹的是製造味道的調味料
le sucre
糖
777
le sel
鹽
le poivre
胡椒
la moutarde
芥末
BAR
BAR
BAR

11 蔬菜 le légume

CD-11

這個單元裡，我們介紹各種蔬菜的說法。你會用法語說出右邊架上各種水果的名稱嗎？

翻到下一面，可以學到各種不同蔬菜的說法。

菠菜
l'épinards (m.)
萵苣
la laitue
洋白菜
le chou
玉米
le maïs
小黃瓜
le concombre
馬鈴薯
la pomme de terre

你喜歡吃什麼菜呢？

試著用法語說出這些菜的名字吧！

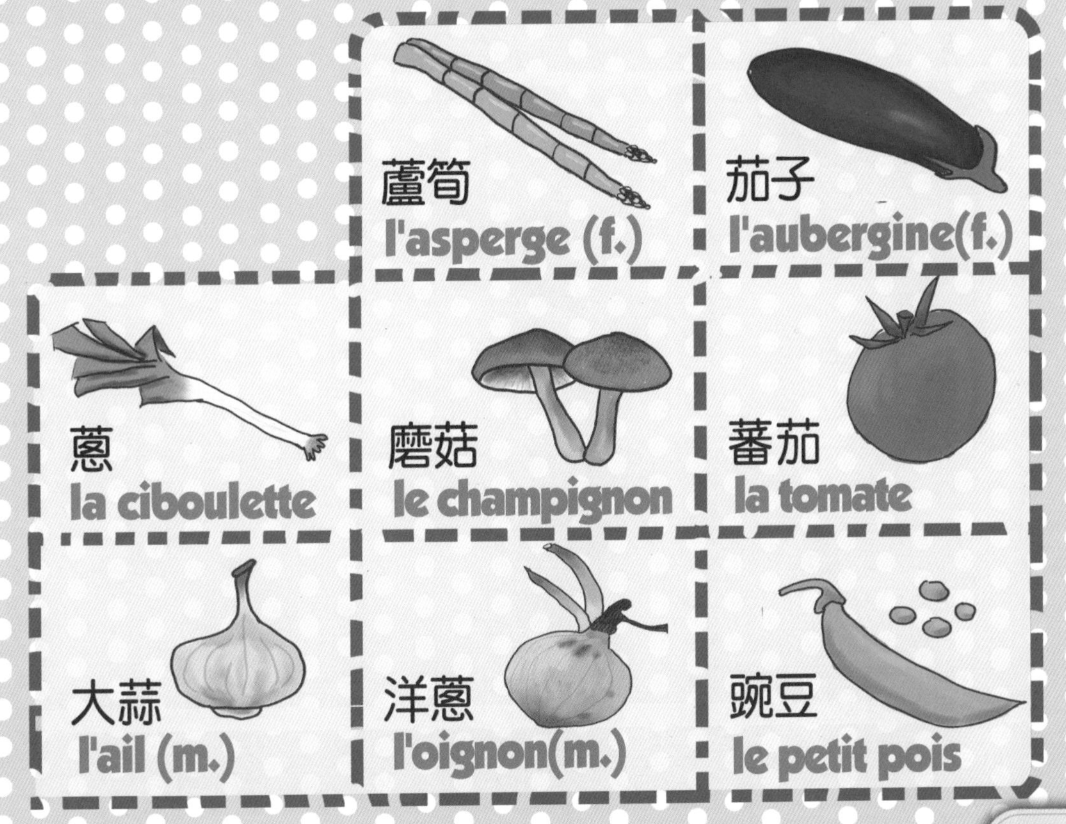

12 水果 le fruit

CD-12

你喜歡吃什麼水果呢？法文的水果是陽性名詞：le fruit。

關於水果，除了要知道圖上的這些水果名稱以外，我們可以順便學一些和水果相關的形容詞：要形容水果很甜，可以用形容詞sucré；形容水果很新鮮，可以用形容詞frais；成熟的水果，可以用形容詞mûr來描述；多汁的水果，我們可以用juteux來形容。

la pomme
蘋果

la banane
香蕉

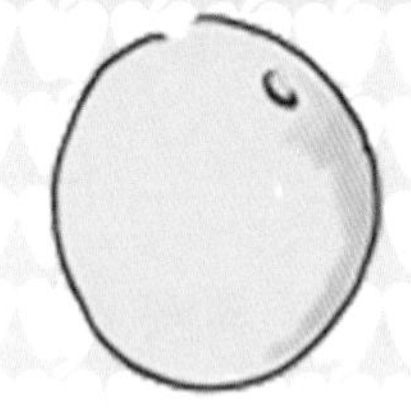

l'orange (f.)
柳丁

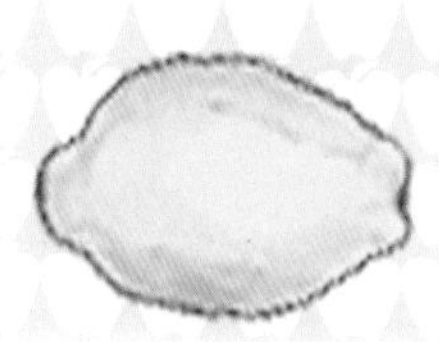

le citron
檸檬

la fraise
草莓

l'ananas(m.)
鳳梨

le melon
香瓜

le raisin
葡萄

le pastèque
西瓜

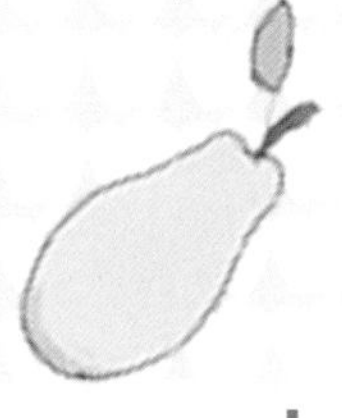

la poire
梨子

la papaye
木瓜

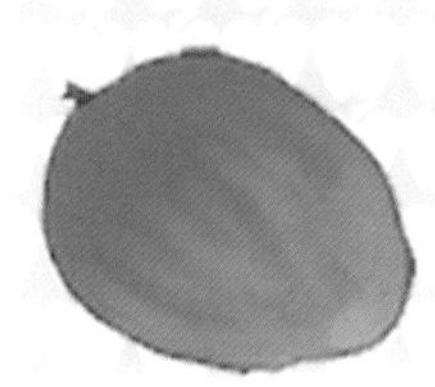

la mangue
芒果

各種和水果相關的形容詞

Quelle pastèque est la plus sucrée?

哪個西瓜最甜？

好的形容詞

sucré 甜的
frais 新鮮的
mûr 成熟的
juteux 多汁的

C'est une banane verte.

這根香蕉還沒有成熟。

壞的形容詞

sec
乾的
trop mûr
熟過頭的
vert
沒熟的
pourri
腐爛的

兩個和水果相關的表現法

tomber dans les pommes

昏倒

這個用法本來字面上的意思是「掉在蘋果上」。法文用這樣的詞組，來表現「昏倒」的意思。

couper la poire en deux

平分、達成協議

這個用法本來字面上的意思是「把梨子切成兩半」。法文用這樣的詞組，來表現「平分」、「達成協議」的意思。

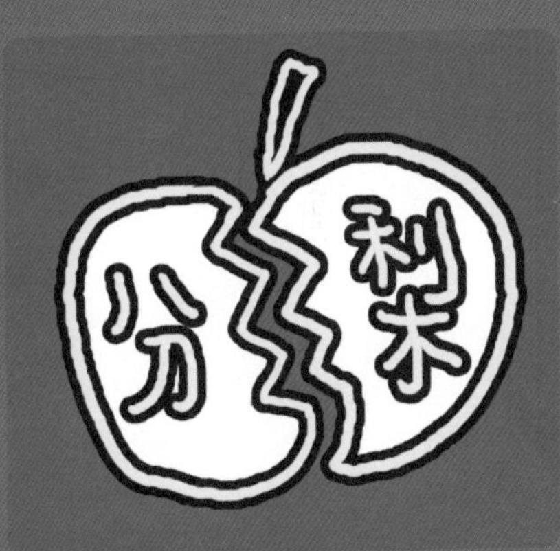

13 職業 le métier

CD-13

最近有寫信給朋友或家人嗎？貼上郵票之前，藉著郵票學習各種職業的法語說法…

le cuisinier
廚師

le policier
警察

l'agriculteur(m.)
農夫

le chauffeur de taxi
計程車司機

le travailleur
工人

le soldat
軍人

le tailleur
裁縫師

le pilote
飛機駕駛

le facteur
郵差

le serveur
服務生

le journaliste
記者

le photographe
攝影師

詢問職業的對話

想要詢問別人的職業的話，
有兩種基本的提問法...

問法一

Quelle est votre profession?
您的職業是什麼呢？

問法二

Qu’est-ce que vous faites dans la vie?
您的職業是什麼呢？

Je suis + 職業名

Je suis écrivain.
我是作家。

陽性名詞 vs. 陰性名詞

法語名詞有性別之分，在學新單詞的時候，不僅要學陽性名詞，也要學相對的陰性名詞。

和職業相關的單詞

14 建築物 le bâtiment

CD-14

到街上逛逛吧！你會用法語說出街上的各種建築物的名稱嗎？這個單元裡面，我們要學習這些建築的說法。

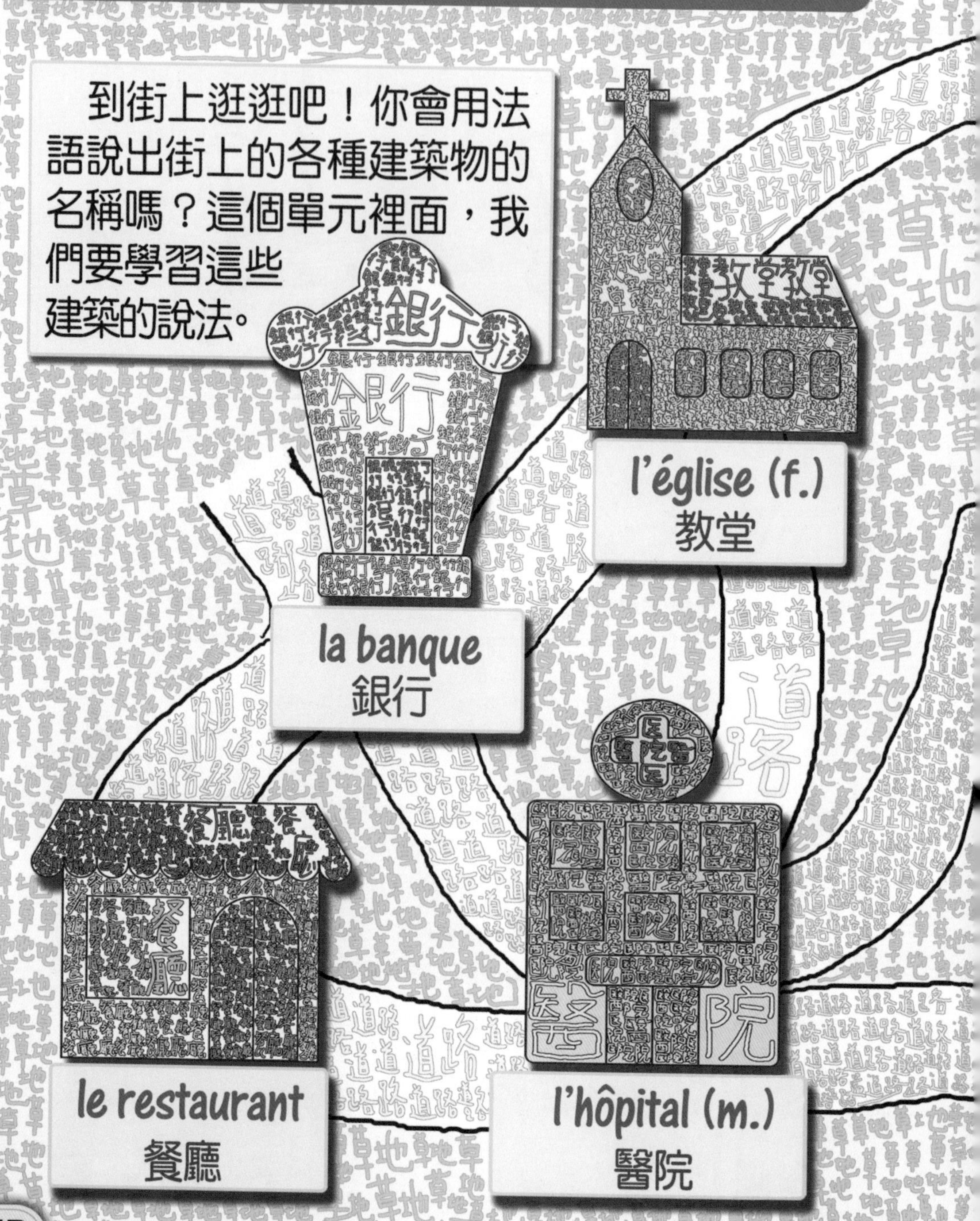

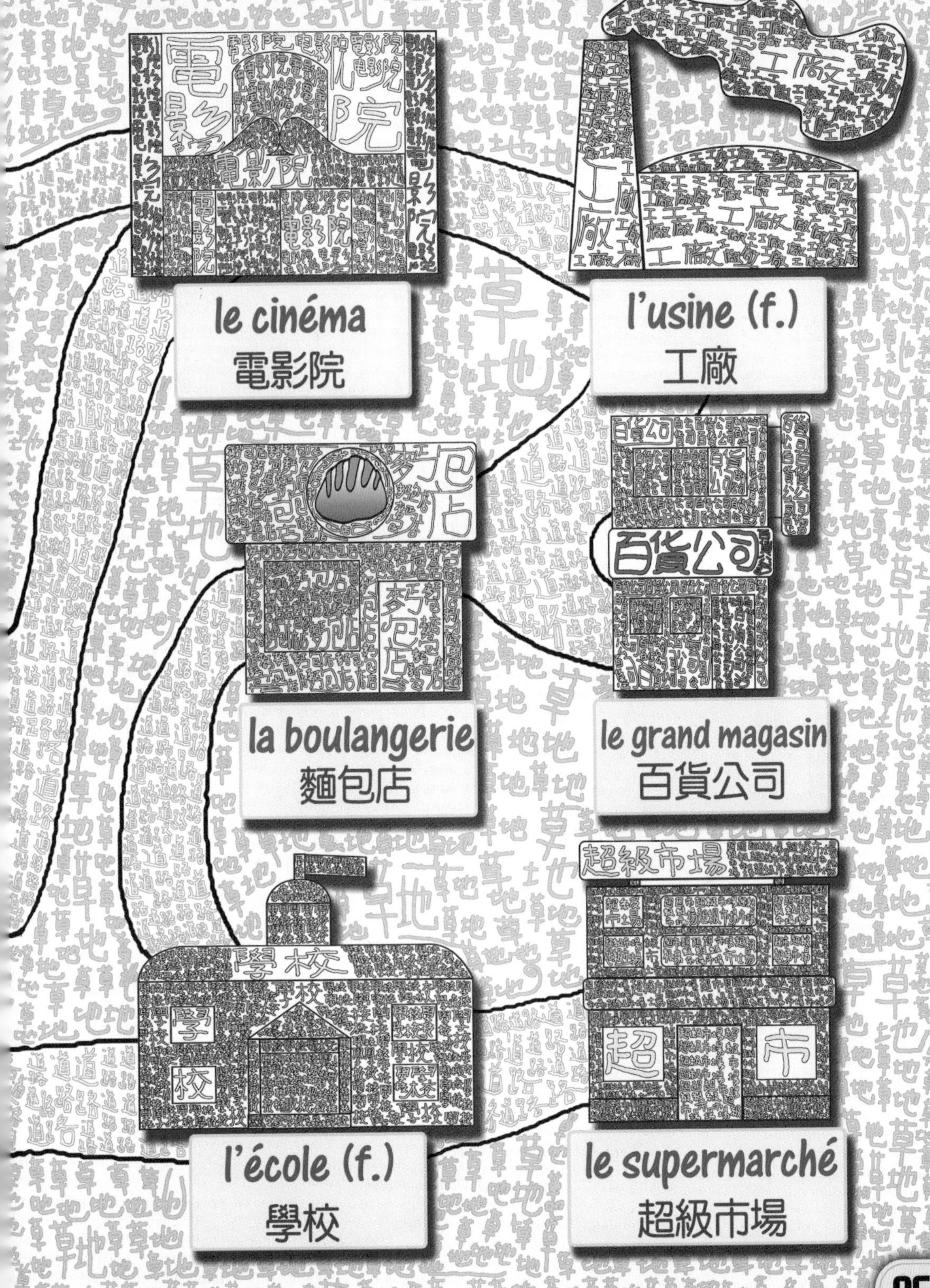
le cinéma
電影院
l'usine (f.)
工廠
la boulangerie
麵包店
le grand magasin
百貨公司
l'école (f.)
學校
le supermarché
超級市場

街道上的建築物

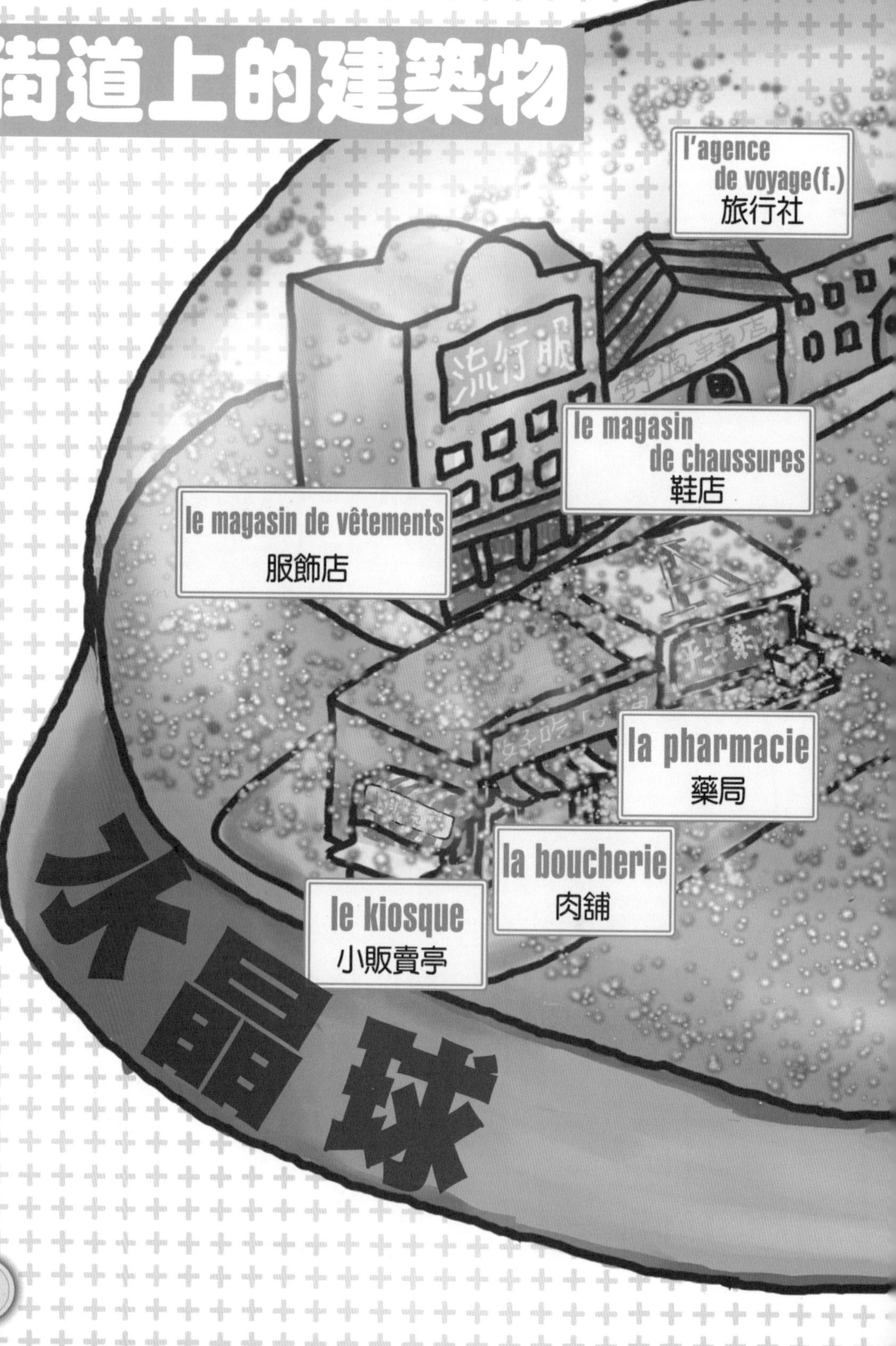

l'agence de voyage(f.)
旅行社

le magasin de chaussures
鞋店

le magasin de vêtements
服飾店

la pharmacie
藥局

la boucherie
肉舖

le kiosque
小販賣亭

水晶球

你有買過這樣的紀念品嗎？小水晶球裡面裝著整個城市街道的建築物。
現在，一面看著圖片，一面學習建築物的名稱吧！
le théâtre
劇院
la librairie
書店
le musée
博物館

基礎問路用語

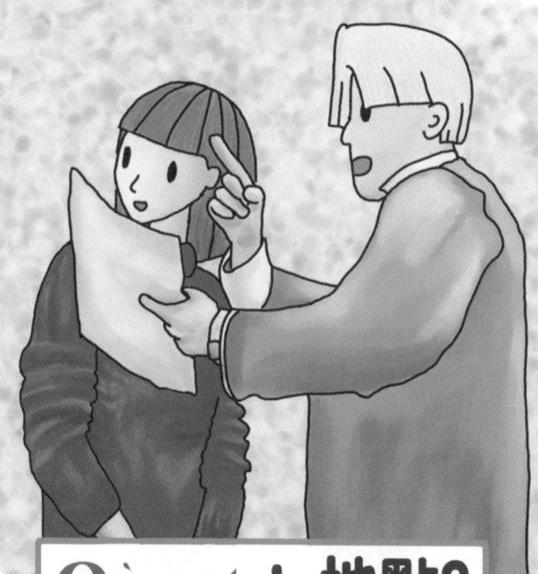

Où est + 地點?

Où est le Bureau de Tourisme?

旅客服務中心在哪呢？

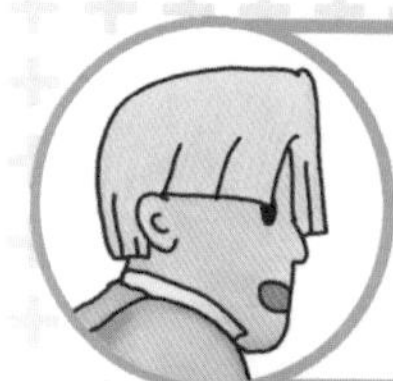

Continuez tout droit, tournez à gauche puis à droite.

請您先直走，再左轉，然後右轉。

各種方向

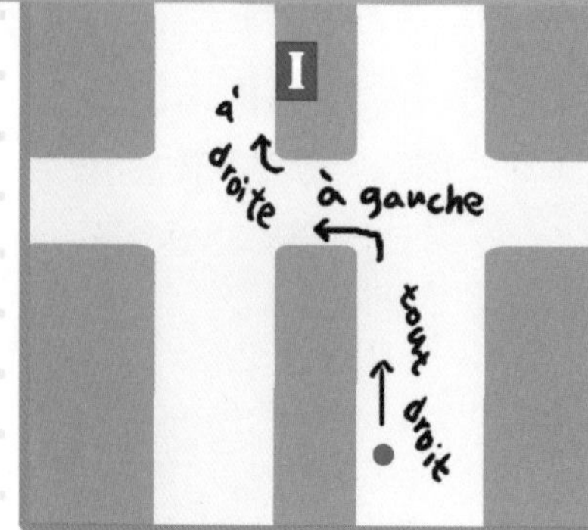

15 信件 la lettre

CD-15

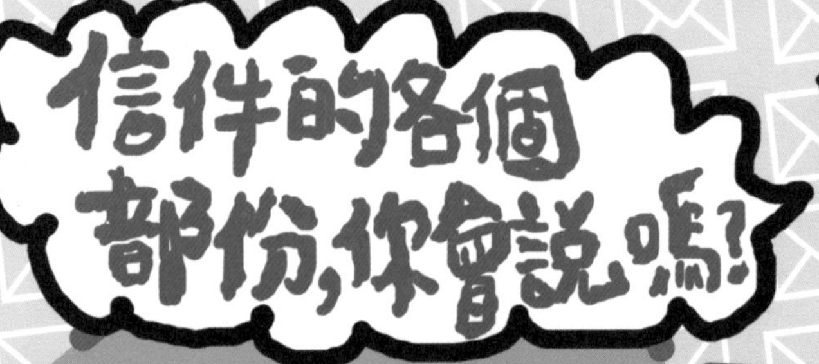

各種不同的信件

火車來啦！看著各個車廂，學習法語中，各種不同信件的說法。

CD-16

16 病痛 la maladie

你會用法語說出身體那裡不舒服嗎？讓我們藉著魔術方塊，學習和病痛相關的單詞吧！

le mal de tête
頭痛

la fièvre
發燒

le vertige
頭昏

la diarrhée
腹瀉

le mal de dent
牙齒痛

la constipation
便秘

la cardiopathie
心臟病

le rhume
感冒

l’ inflammation (f.)
發炎

和醫院相關的單詞

le médecin
醫生

l'infirmière
護士 (f.)

le malade
病人

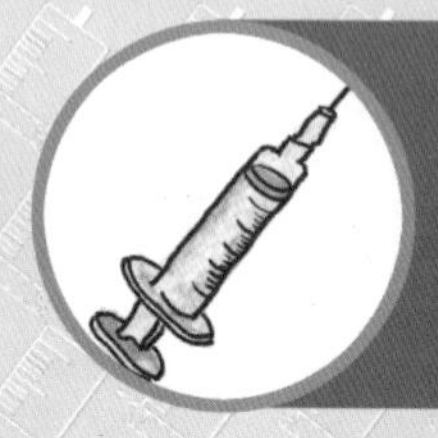

la seringue
針

la pommade
藥膏

le comprimé
藥片

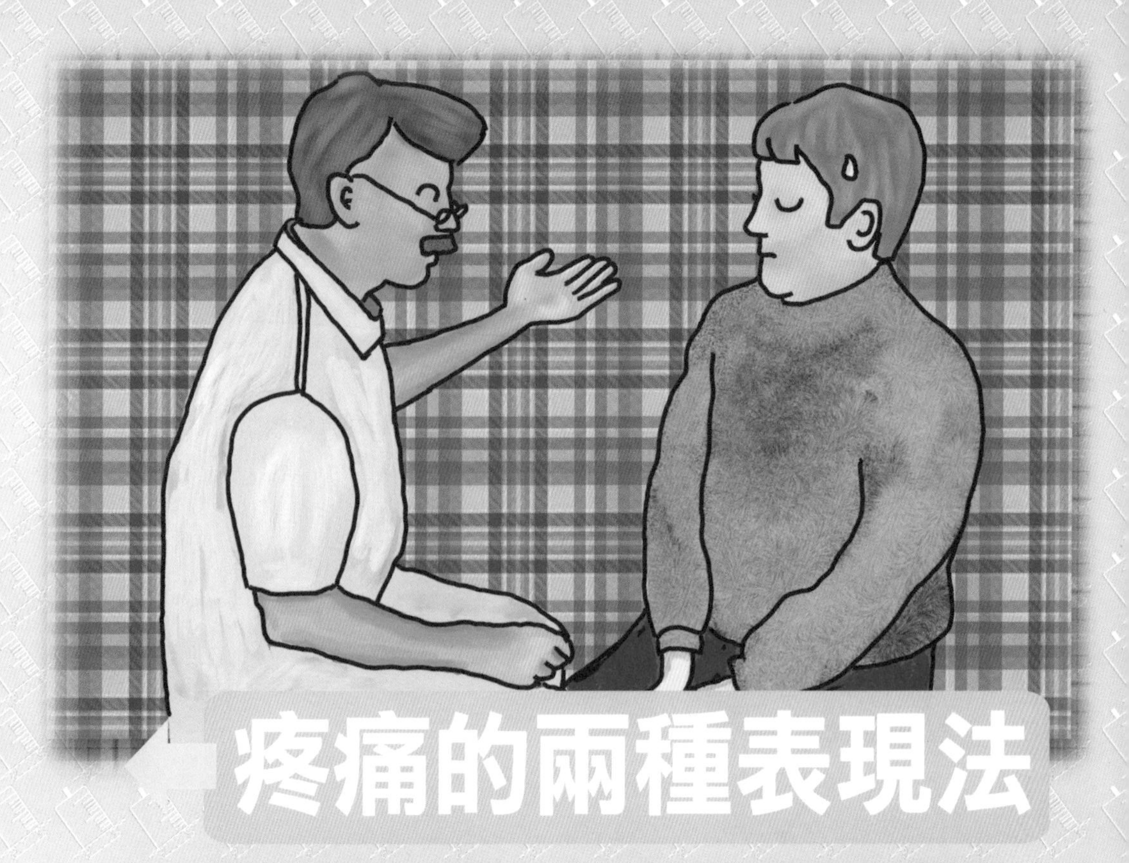

疼痛的兩種表現法

Qu'est-ce que vous avez ?
您有什麼病痛嗎？

說法一

J'ai mal à l'estomac.
我的胃痛。

說法二

J'ai mal à la tête.
我的頭痛。

要記得歐！

用法語來表現病痛的話，開頭可以先使用「J'ai mal」，然後後面加上疼痛部位。

17 衣物 le vêtement

CD-17

打開你的衣櫥吧！
在這個單元裡面，我們要介紹各種服裝的法語說法。
la veste à capuchon
連帽運動衣
le pullover
套頭毛衣
la veste
西裝外套
le jeans
牛仔褲
la chemise
襯衫
le chemisier
女性襯衫

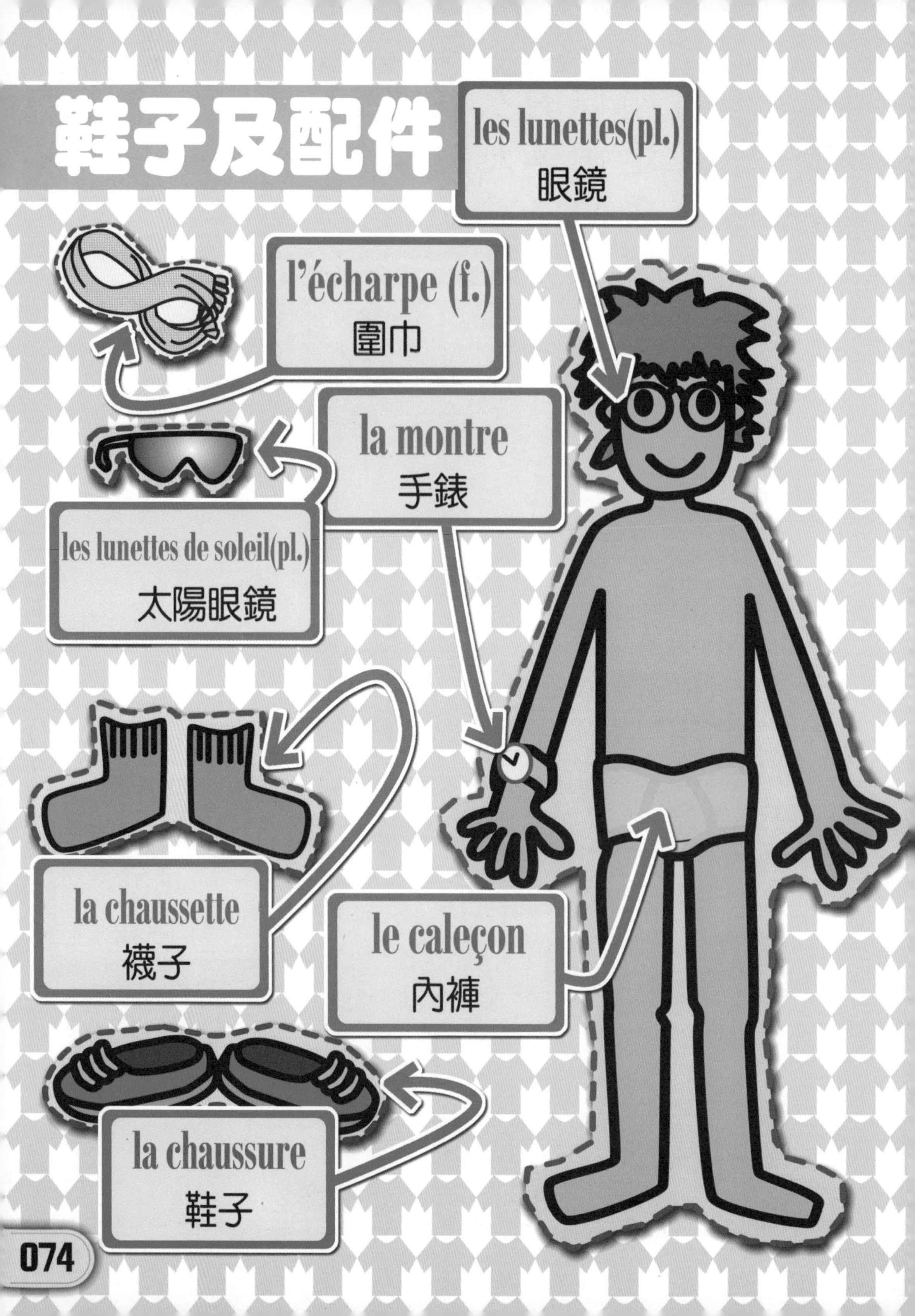
鞋子及配件
les lunettes(pl.)
眼鏡
l'écharpe (f.)
圍巾
la montre
手錶
les lunettes de soleil(pl.)
太陽眼鏡
la chaussette
襪子
le caleçon
內褲
la chaussure
鞋子

來幫公仔穿衣服吧！你會用法語說出公仔所要戴的裝飾品還有要穿的鞋子嗎？
la boucle d'oreille
耳環
le collier
項鍊
le gant
手套
le maillot de bain
游泳衣
le chapeau
帽子
la bague
戒指
la botte
靴子

衣服的各部分

你喜歡血拼買衣服嗎？ 打開介紹衣服的型錄，一面看著流行的服飾，一面學習用法文說出衣服的各部分。

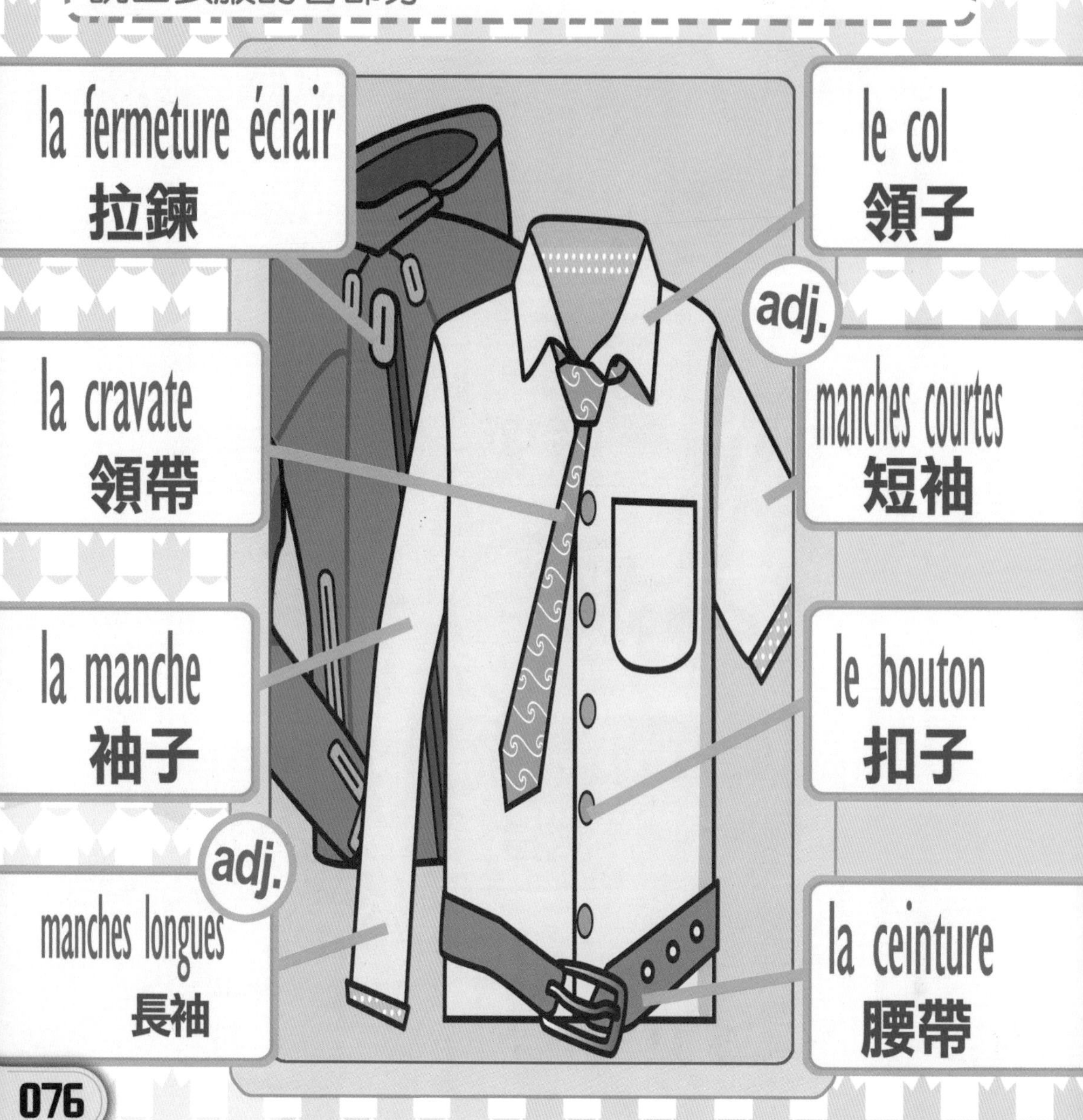

試衣服
Est-ce que je peux l'essayer?
可以試穿嗎？
C'est vêtement
est de quelle matière?
這衣服是什麼質料的？
試鞋子
Quelle est votre pointure?
您的尺寸是？
Il y a d'autres couleurs?
還有別種顏色嗎？

試穿時的用語

18 交通 le trafic

CD-18

一面走迷宮，一面用法語學習交通工具的說法！

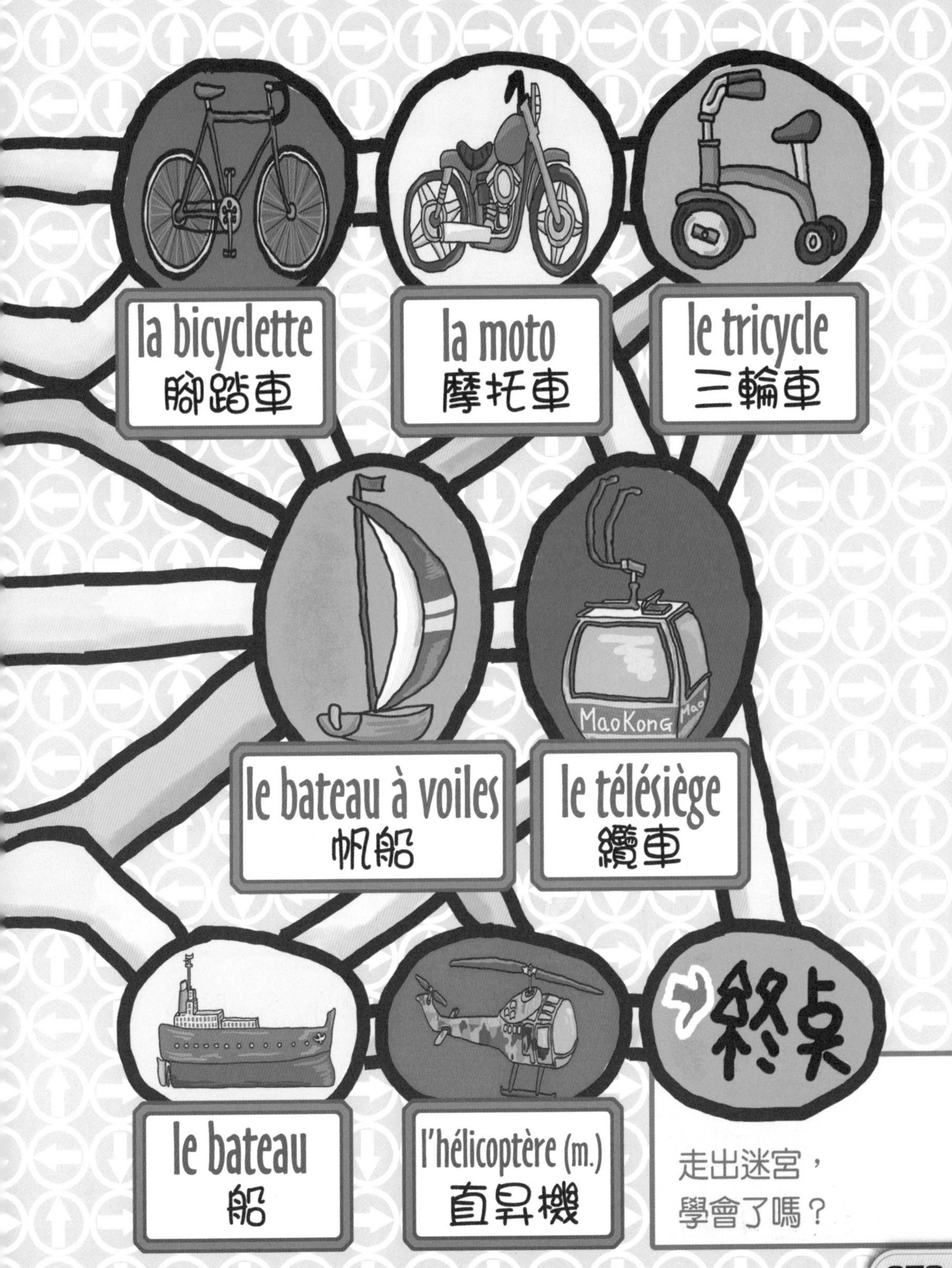
la bicyclette
腳踏車
la moto
摩托車
le tricycle
三輪車
le bateau à voiles
帆船
MaoKong
le télésiège
纜車
le bateau
船
l'hélicoptère (m.)
直昇機
終点

走出迷宮，
學會了嗎？

汽車的各個部分

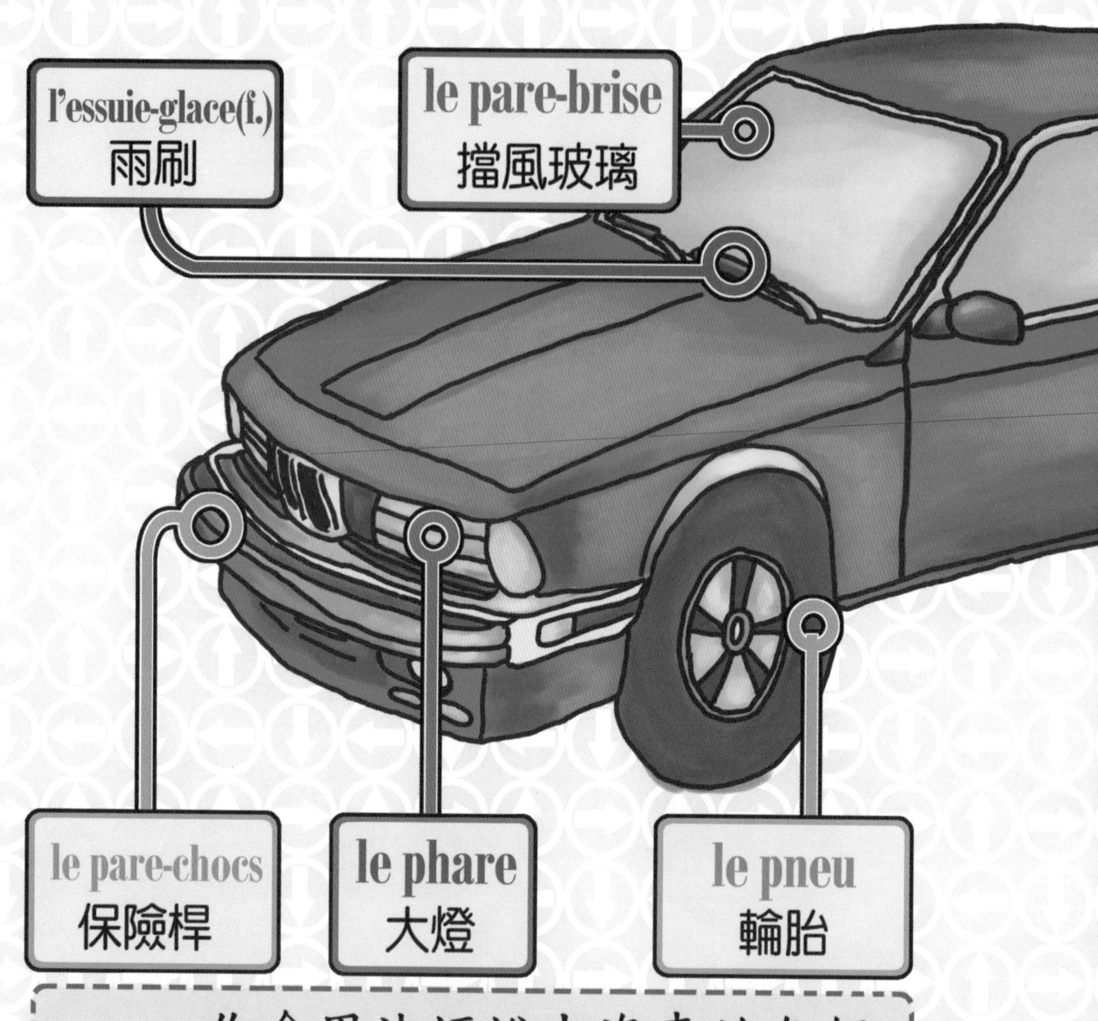

你會用法語說出汽車的各個部分嗎？

現在一面看圖，一面學學看這些單詞！

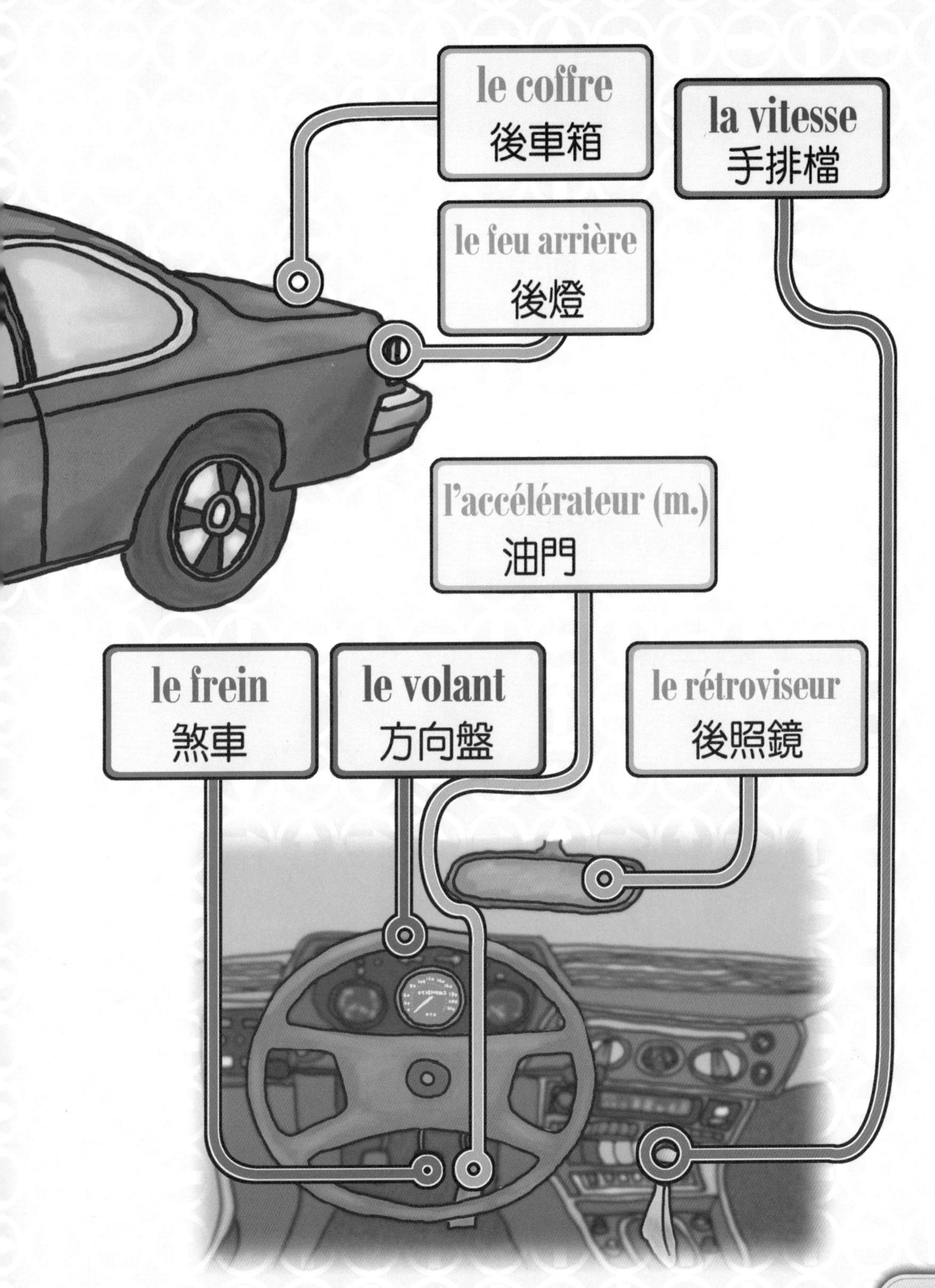
le coffre
後車箱
la vitesse
手排檔
le feu arrière
後燈
l'accélérateur (m.)
油門
le frein
煞車
le volant
方向盤
le rétroviseur
後照鏡

19 動物 l'animal

CD-19

這個單元的主題是各式各樣的動物。其中包括了可愛的動物、農莊裡的動物以及動物的叫聲。

我們從在動物園裡面會看見的動物開始介紹起。

請一面看著圖畫一面記下這些單詞吧。

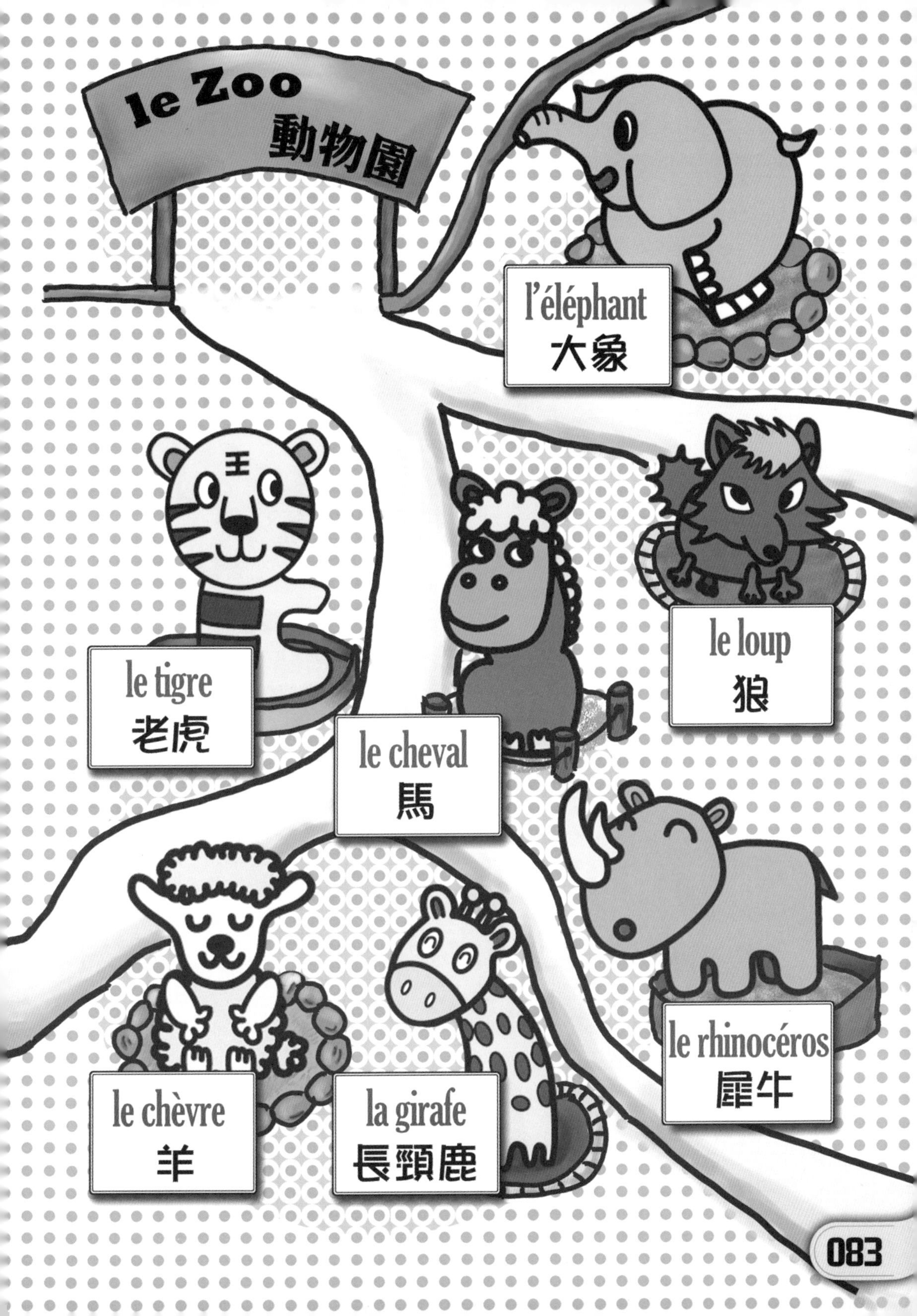
le Zoo
動物園
l'éléphant
大象
王
le tigre
老虎
le cheval
馬
le loup
狼
le chèvre
羊
la girafe
長頸鹿
le rhinocéros
犀牛

可愛動物的照片

認識了動物園裡面的動物之後，再來看著照片，學習可愛動物的法語名稱以及各種動物的叫聲吧！

各種動物的叫聲

牧場上的動物
可愛度 100%
試用法語說出牧場上的動物名稱。
老鼠
la souris
鴿子
le pigeon
公雞
le coq
小雞
le poulet
蛇
le serpent

鸚鵡 le perroquet	牛 la vache	鵝 l'oie (f.)
 兔子 le lapin	 天鵝 le cygne	 鴨 le canard

20 興趣 le loisir

CD-20

jouer aux échecs
下棋
jouer aux cartes
打撲克牌
dessiner
畫畫
lire
閱讀
jouer du piano
彈鋼琴
pêcher
釣魚
趣調查
期：
姓名：

兩種興趣的表現法

用法語說玩遊戲的時候，通常會用到「**jouer à** ＋ 遊戲」這樣的用法；彈奏樂器的時候，通常會用到「**jouer de** ＋ 樂器」這樣的用法。

Qu'est-ce que vous faites comme loisir ?
空閒的時候在做什麼？

說法一

J'aime jouer aux cartes.
我喜歡打撲克牌。

說法二

J'aime jouer du piano.
我喜歡彈鋼琴。

CD-21

21 音樂 la musique

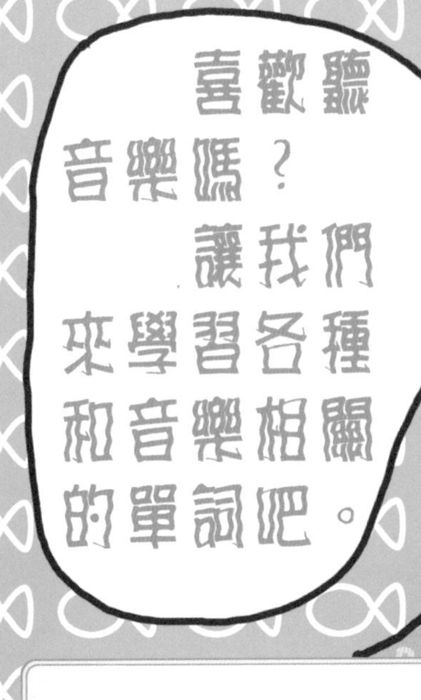

le musicien 音樂家

les paroles(pl.) 歌詞

le concert 音樂會

la mélodie 曲調

le hit 流行歌曲

不同類型的音樂

la pop 流行音樂

la musique classique 古典樂

le jazz 爵士樂

le rock 搖滾樂

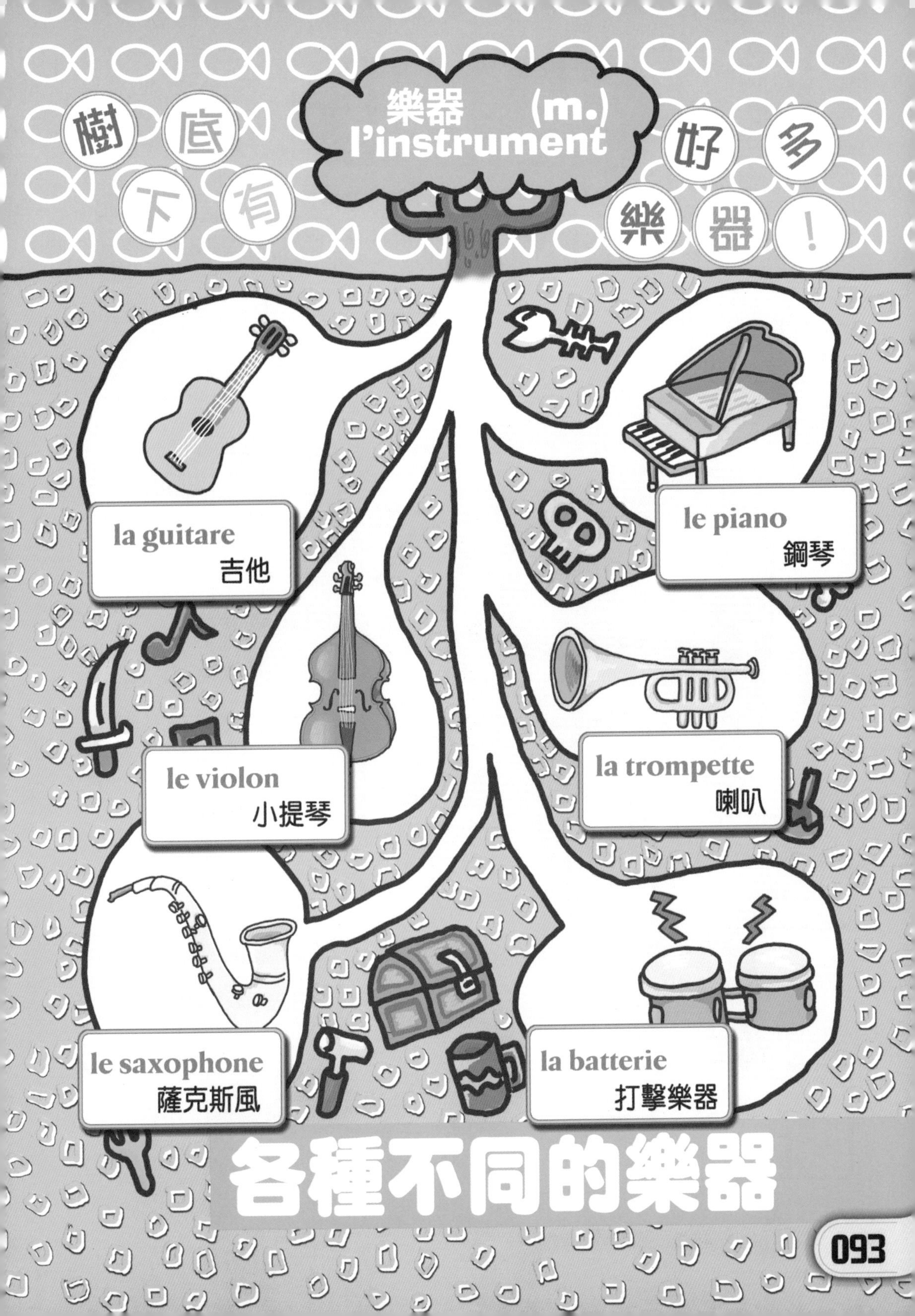

樹底下有好多樂器！
樂器 (m.)
l'instrument
la guitare
吉他
le piano
鋼琴
le violon
小提琴
la trompette
喇叭
le saxophone
薩克斯風
la batterie
打擊樂器
各種不同的樂器

22 運動 le sport

CD-22

你喜歡做運動嗎？在這個單元裡面，我們要介紹各種運動的法語說法。首先我們藉著電影的底片，來學習各種球類的名稱。

le football
足球
le volley-ball
排球
le golf
高爾夫球
le tennis
網球
le bowling
保齡球
le hockey
曲棍球

各式各樣的運動

你喜歡看電視上現場轉播的運動賽事嗎？

現在就讓我們看著電視螢幕學習各種運動的法語說法吧！

la natation

游泳

le jogging

慢跑

le saut en hauteur

跳高

le saut en longueur

跳遠

la boxe

拳擊

le cyclisme

騎腳踏車

la gymnastique
體操

le ski
滑雪

l'haltérophilie (f.)
舉重

la plongée
潛水

l'équitation (f.)
騎馬

le javelot
標槍

23 法國 la France

CD-23

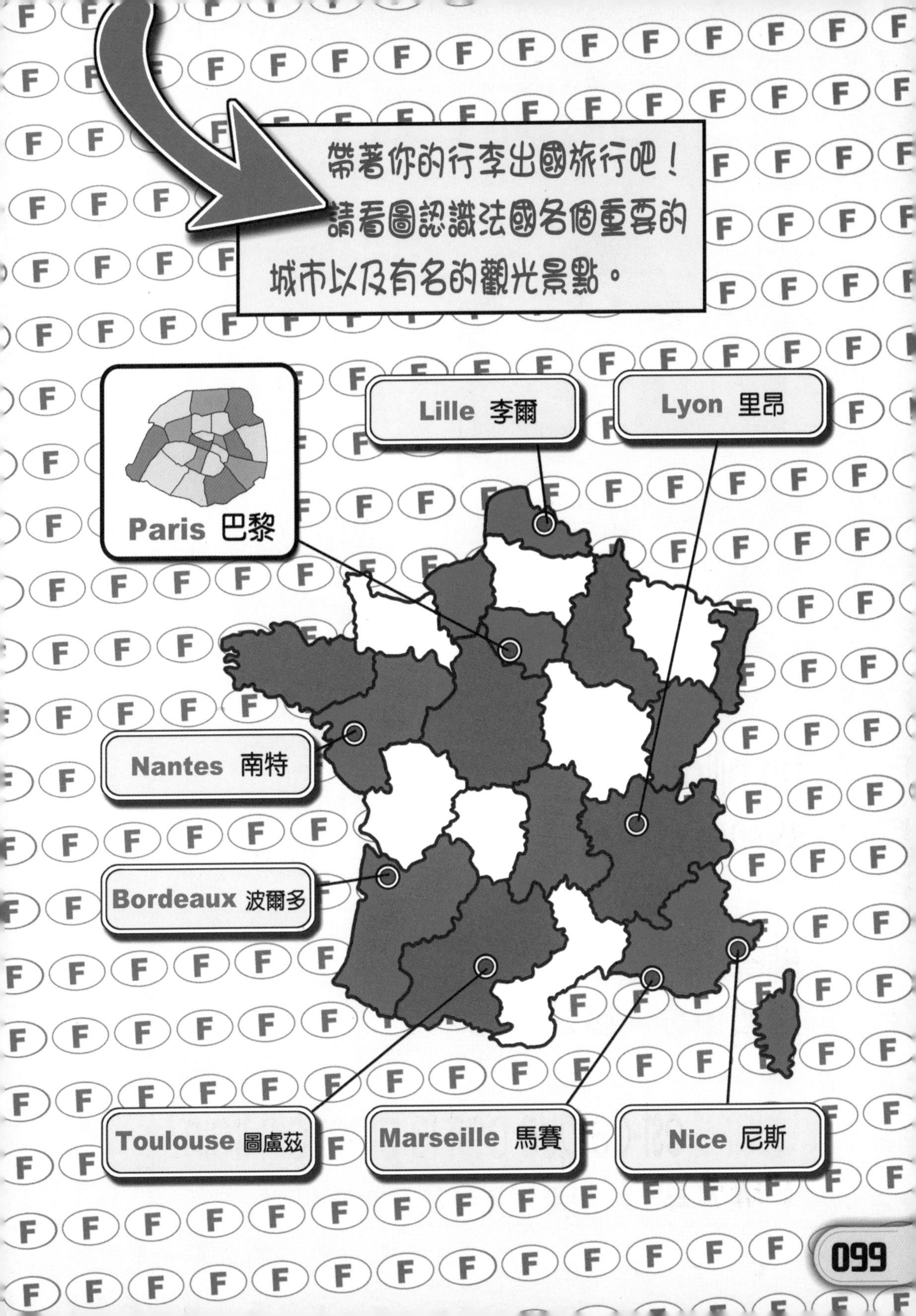
帶著你的行李出國旅行吧！
請看圖認識法國各個重要的城市以及有名的觀光景點。
Paris 巴黎
Lille 李爾
Lyon 里昂
Nantes 南特
Bordeaux 波爾多
Toulouse 圖盧茲
Marseille 馬賽
Nice 尼斯

去法國旅遊的常用句

上車、下車及轉車

Un billet pour Paris, s'il vous plaît.
我想要買一張往巴黎的車票，謝謝。

Aller seulement ou aller retour?
要買單程票或是來回票？

Quand est-ce que part le prochain train?
下班火車何時開？

我是服務員，
您好...
您好，
我想要訂房。
訂房時的詢問語句
Avez-vous des chambres libres?
有空的房間嗎？
Je voudrais une chambre pour une nuit.
我想要一間房過一晚。
Combien coûtent les chambres?
過夜房價多少？

CD-24

24 世界各國 les pays du monde

你會用法語說出世界各國的國名嗎？
看圖來學習和世界各國相關的法語單詞吧！

la France 法國	l'Allemagne(f.) 德國	la Russie 俄羅斯	l'Angleterre(f.) 英國
l'Autriche(f.) 奧地利	les Etats-Unis (pl.) 美國	la Chine 中國	le Japon 日本
la Belgique 比利時	le Danemark 丹麥	l'Italie (f.) 義大利	l'Hollande(f.) 荷蘭
la Pologne 波蘭	le Portugal 葡萄牙	la Suisse 瑞典	la Suède 瑞士
l'Espagne(f.) 西班牙	la Turquie 土耳其	le Canada 加拿大	l'Argentine(f.) 阿根廷

各國語言

les langues

世界各大洲
les continents

l'Amérique
美洲
(f.)

法語「世界」的說法是陽性名詞：le monde。而世界的各大洲、各「大陸」的法語說法是：le continent；複數的話，則是在單詞後面加上字母「s」：les continents。

l'Europe (f.)
歐洲
l'Asie (f.)
亞洲
Afrique
非洲
l'Australie (f.)
澳洲
北 le nord
西 l'ouest (m.)
東 l'est (m.)
南 le Sud

25 大自然 la nature

CD-25

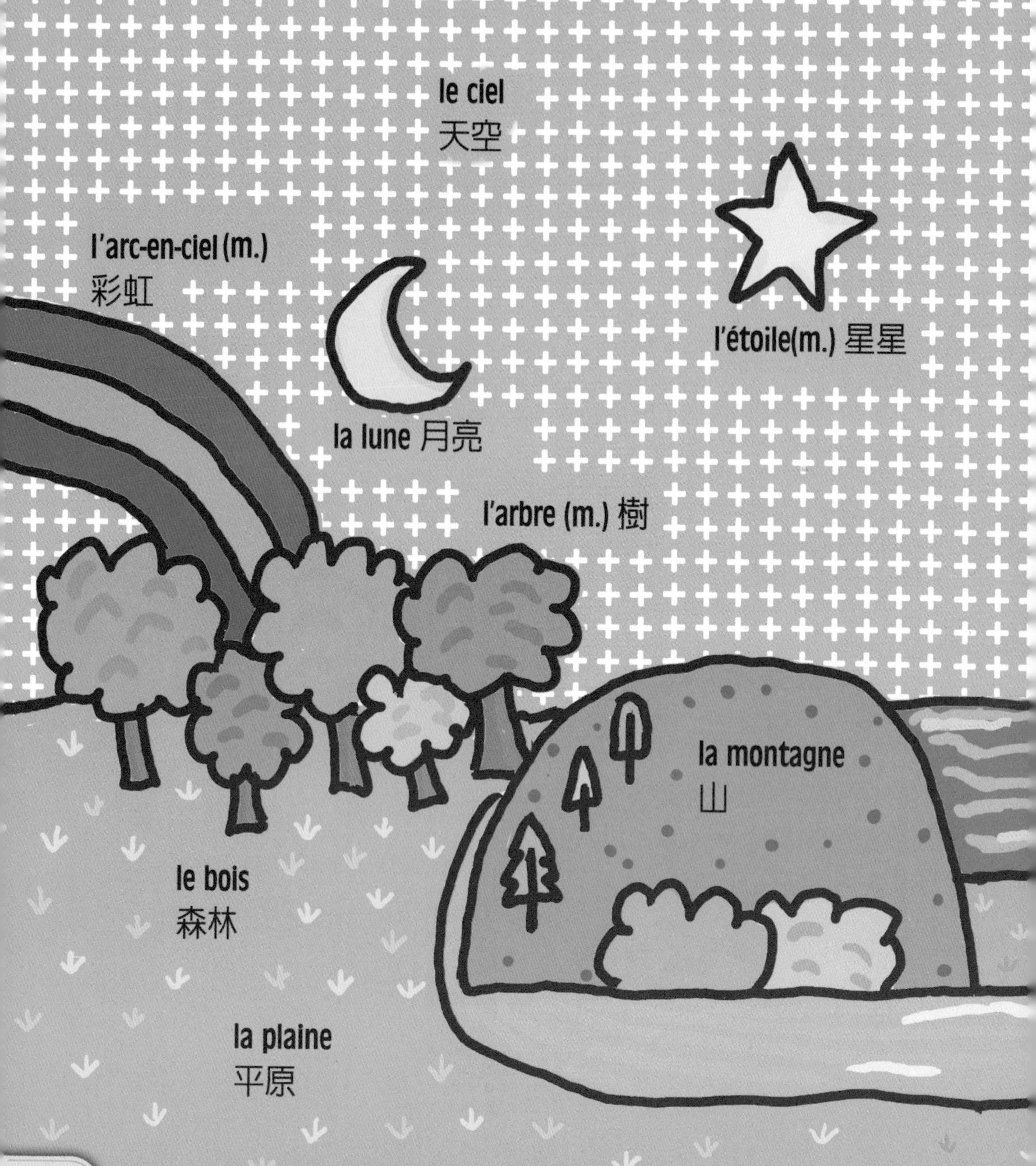

各種和大自然相關的單詞，你會說嗎？
le soleil
太陽
l'île (f.)
島嶼
la mer
海洋
le pré
草地
la fleur 花
la feuille 葉片
la rivière
河流

樹木的各個部分

1.le fruit 果實
2.la branche 樹枝
3.le rameau 細枝
4.le tronc 樹幹
5.la racine 樹根

CD-26

26 天氣 le temps

氣象報告的時間到了！看氣象報告學法語單詞吧！

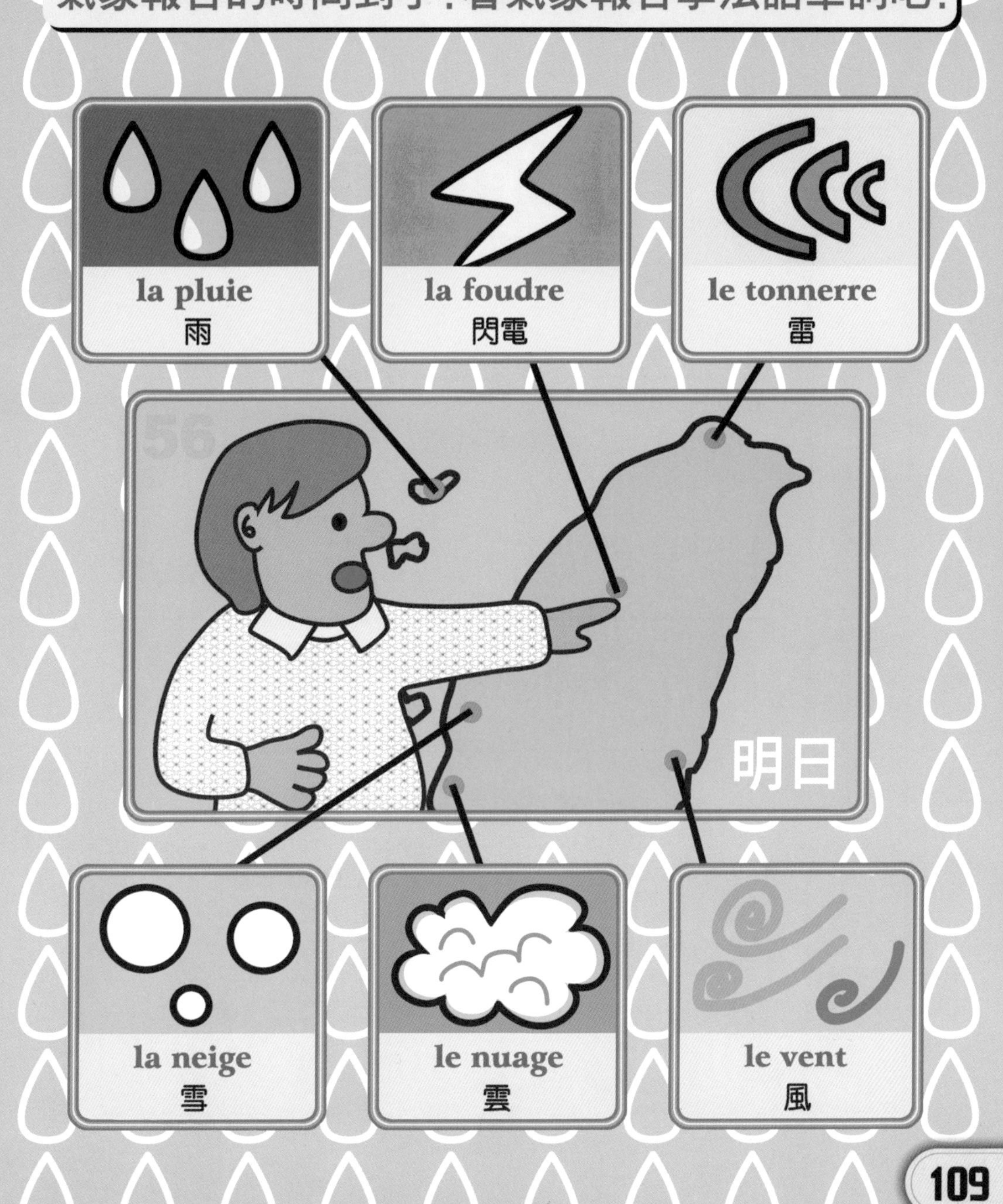

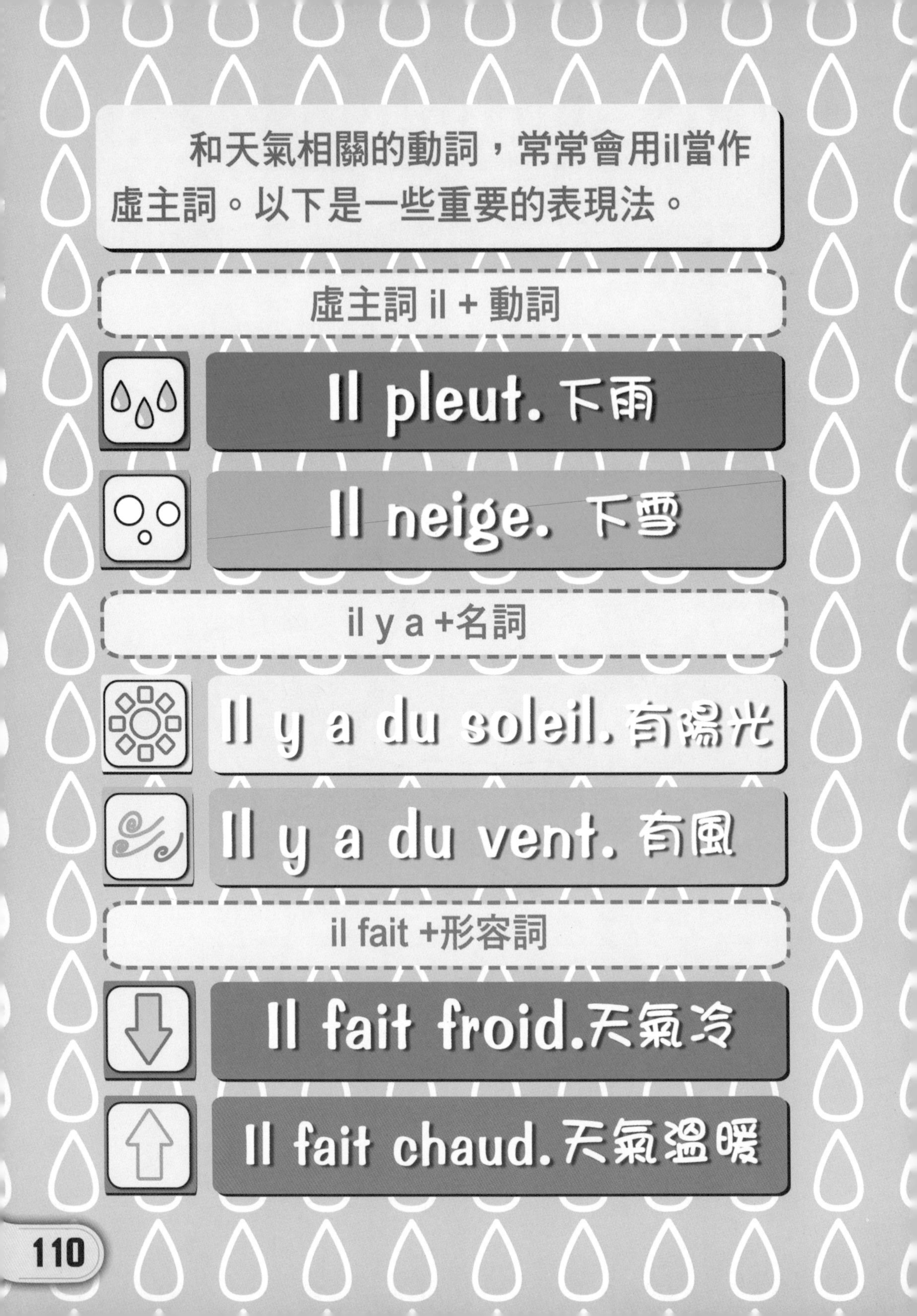
和天氣相關的動詞，常常會用il當作虛主詞。以下是一些重要的表現法。
虛主詞 il + 動詞
Il pleut. 下雨
Il neige. 下雪
il y a +名詞
Il y a du soleil. 有陽光
Il y a du vent. 有風
il fait +形容詞
Il fait froid. 天氣冷
Il fait chaud. 天氣溫暖

CD-27

27 宇宙 l'espace

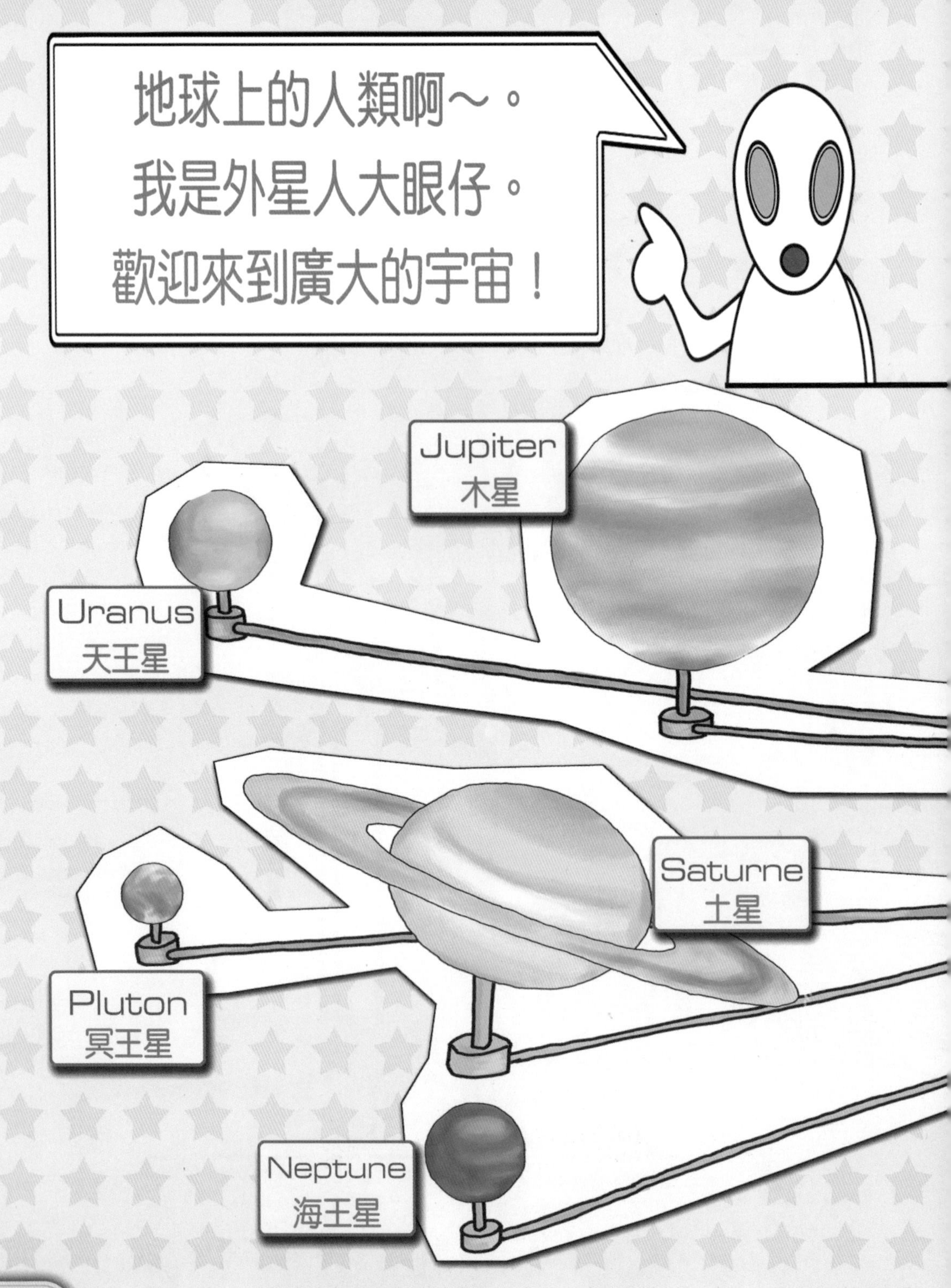
地球上的人類啊～。
我是外星人大眼仔。
歡迎來到廣大的宇宙！
Jupiter
木星
Uranus
天王星
Saturne
土星
Pluton
冥王星
Neptune
海王星

其他和宇宙有關係的單詞

le système solaire...太陽系

la galaxie.....銀河

le météore.....流星、隕石

la comète... 彗星

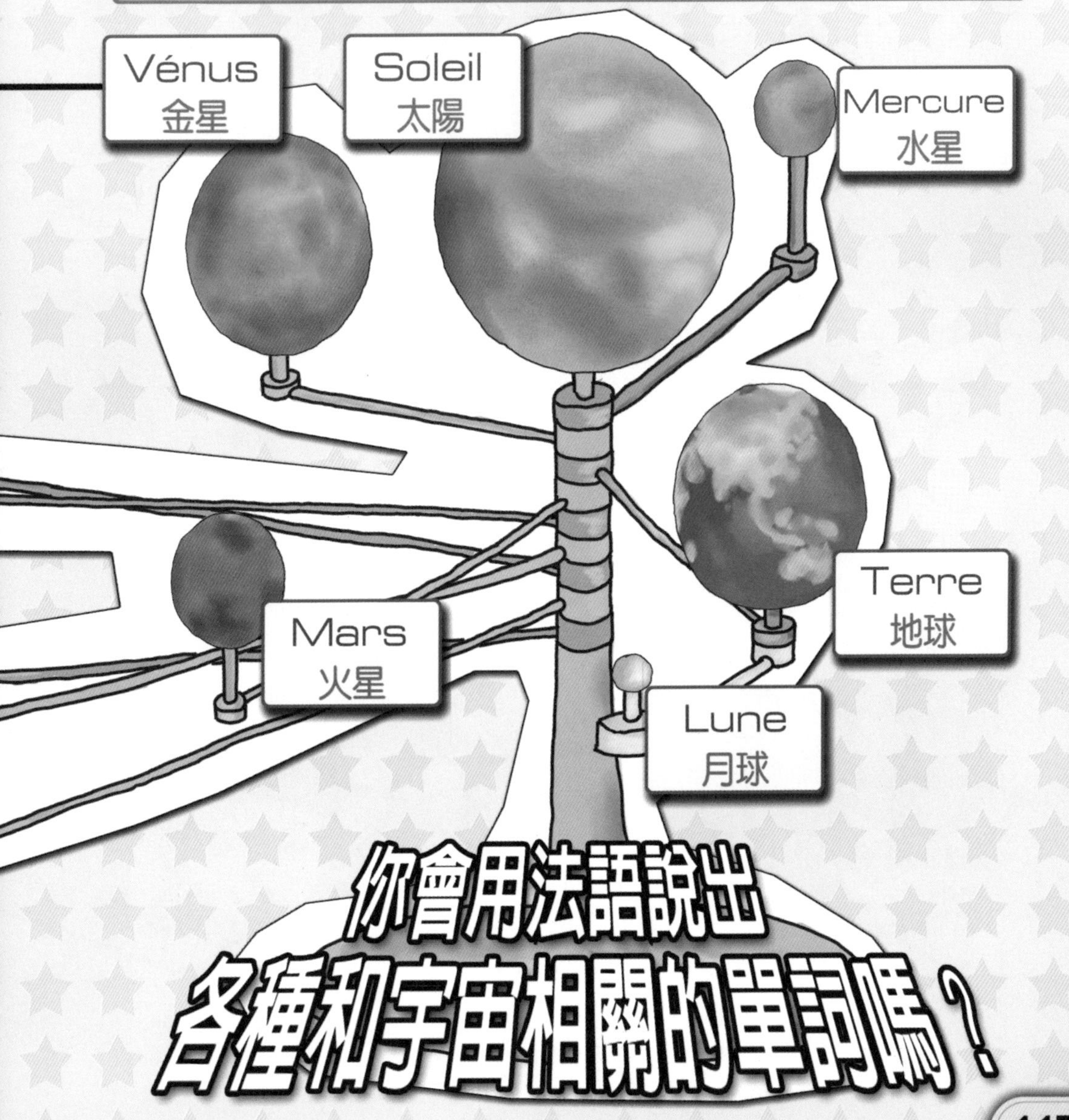

你會用法語說出各種和宇宙相關的單詞嗎?

28 星座 l'astrologie

CD-28

你是屬於什麼星座呢？
看著本單元的圖形，
來學習各個星座的說法吧！

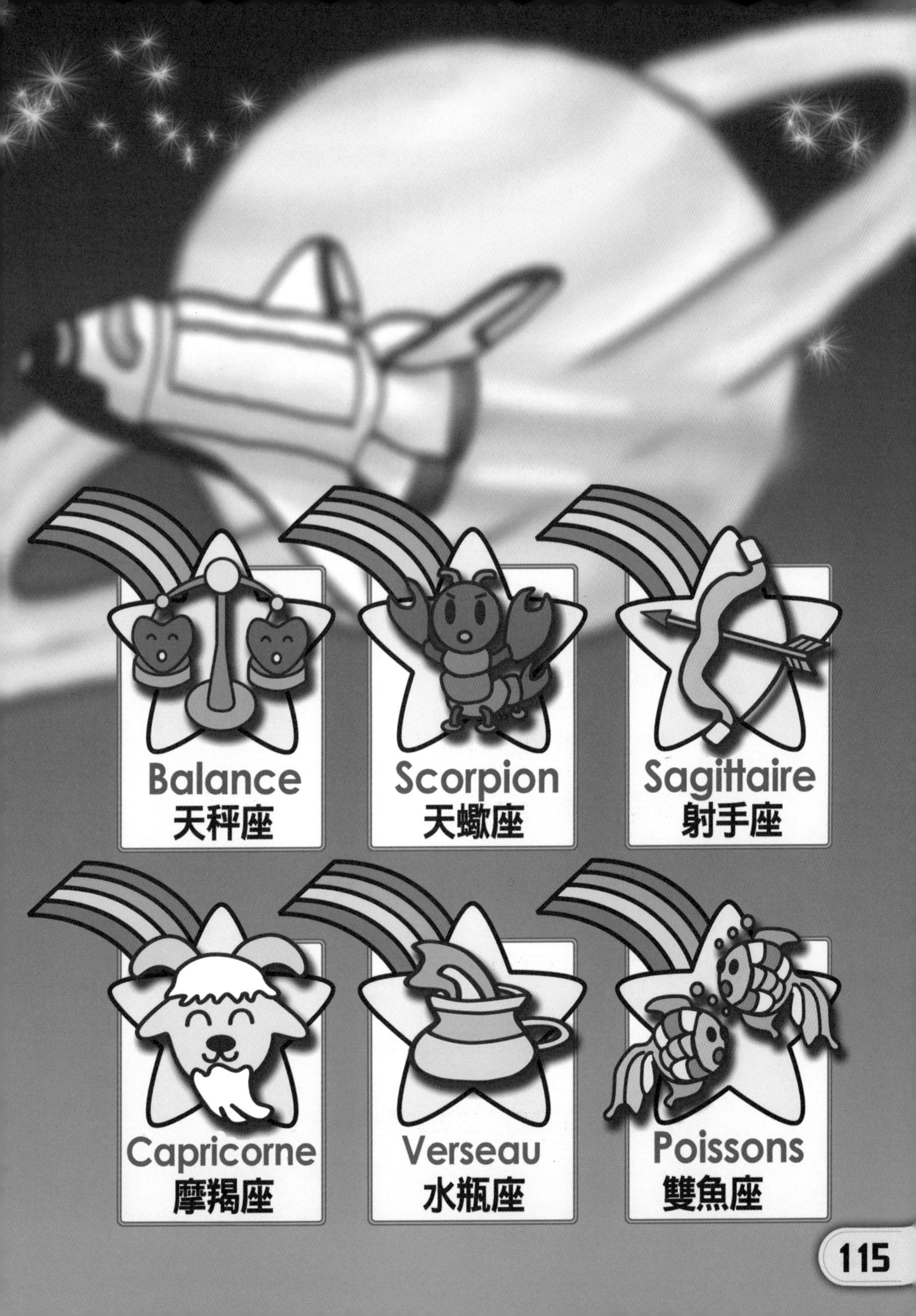
Balance
天秤座
Scorpion
天蠍座
Sagittaire
射手座
Capricorne
摩羯座
Verseau
水瓶座
Poissons
雙魚座

CD-29

29 人稱代名詞 le pronom personnel

法語即時通訊

好想學好法文...（線上）

請看下面的表格學習人稱代名詞 ▼

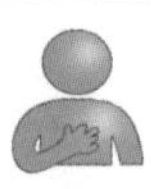

我說：「我」的法文是「je」。

你說：「你」的法文是「tu」。

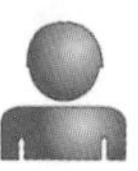

他說：「他」的法文是「il」。

她說：「她」的法文是「elle」。

您說：「您」的法文是「vous」。

我們說：「我們」的法文是「nous」。

你們說：「你們」的法文是「vous」。

他們說：「他們」的法文是「ils」。

她們說：「她們」的法文是「elles」。

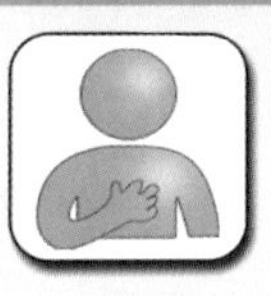

je（我）的小檔案

接陽性名詞：mon
接陰性名詞：ma
接複數名詞：mes

tu（你）的小檔案

接陽性名詞：ton
接陰性名詞：ta
接複數名詞：tes

本單元說明

本單元介紹各種人稱代名詞。每個人稱代名詞、所有格的格式都很重要。請看著即時通訊的對話框來學習各個單詞。

il（他）的小檔案

接陽性名詞：son
接陰性名詞：sa
接複數名詞：ses

elle（她）的小檔案

接陽性名詞：son
接陰性名詞：sa
接複數名詞：ses

vous（您）的小檔案

您的：vos

nous（我們）的小檔案

我們的：
nos

vous（你們）的小檔案

你們的：
vos

ils（他們）的小檔案

他們的：
leurs

elles（她們）的小檔案

她們的：
leurs

30 打招呼用語 les salutations

CD-30

哈囉！...你好嗎？
讓我們一起來學習法語的
打招呼用語吧！

早上碰到朋友，十點以前說：
Bonjour! 早安！

平常碰到任何人，打招呼說：
Bonjour! 你好！

晚上向人打招呼，可以說：
Bonsoir! 你好！

睡覺之前，可以說：
Bonne nuit! 晚安！

Salut! 哈囉！
Au revoir! 再見！
Amusez-vous bien! 玩得愉快！
C'est dommage! 好可惜！
Bienvenue! 歡迎！
À demain! 明天見！
Salut! 再見！
Ah bon! 原來如此！
收到別人的禮物，或想要表達感謝的時候可以說：
Merci! 謝謝！
De rien! 不客氣！
不小心打破杯子，或想要表達歉意的時候可以說：
Excusez-moi! 對不起！
Ce n'est pas grave! 沒關係！
路上碰到認識的人，想問對方好不好的時候可以說：
Ça va? 你好嗎？
Ça va bien! 我很好！

CD-31

31 自我介紹 l'auto-présentation

你要做自我介紹嗎？本單元要介紹和這個主題相關的句子...

Vous venez d'où?

您是哪裡人呢？

Je suis + 國家名

Je suis française. 我是法國人。

要問對方的名字時，可以說...

Comment vous appelez-vous?
您叫什麼名字？

Je m'appelle + 姓名

Je m'appelle Isabelle. 我叫依莎貝爾。

要問對方住哪裡，可以問說...

Vous habitez où?
您住在哪裡？

J'habite à + 地名

J'habite à Paris. 我住在巴黎。

要問對方年紀時，用這句話...

Quel âge avez-vous?
您幾歲呢？

J'ai + 年紀 + ans

J'ai vingt ans. 我二十歲。

32 數字 le nombre

CD-32

哈哈，玩撲克牌的時間到了！讓我們一面玩著撲克牌，一面學習法語的數字說法吧！

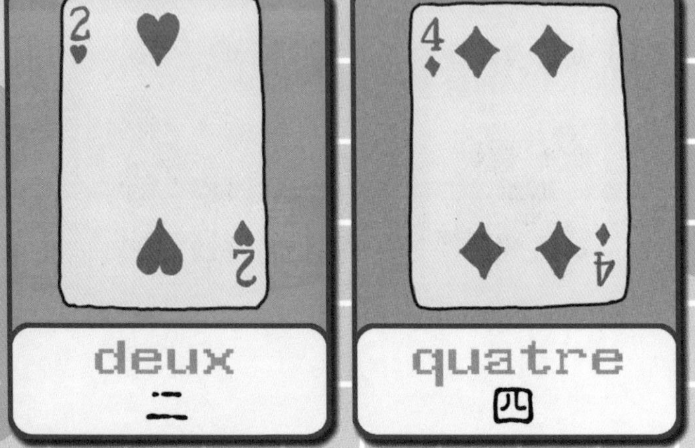

six
六
huit
八
dix
十
sept
七
neuf
九

更多更多的數字

打完撲克牌，現在來玩撞球啦！
利用這些撞球，來學習更多的法語數字。

11	12	13	14
onze	douze	treize	quatorze

15	16	17	18
quinze	seize	dix-sept	dix-huit

19
dix-neuf
20
vingt
21
vingt et un
22
vingt-deux
30
trente
31
trente et un
32
trente-deux
40
quarante
49
quarante-neuf
50
cinquate
60
soixante
70
soixante-dix
75
soixante-quinze
80
quatre-vingts
90
quatre-vingt-dix
100
cent

序數及分數

premier
第一的

deuxième
第二的

troisième
第三的

你喜歡跑步嗎？現在來到了運動場，試試看說出誰跑第一、誰又跑第二呢？

運動完以後，來吃個蛋糕吧！一面吃蛋糕，一面學習法語分數的講法。

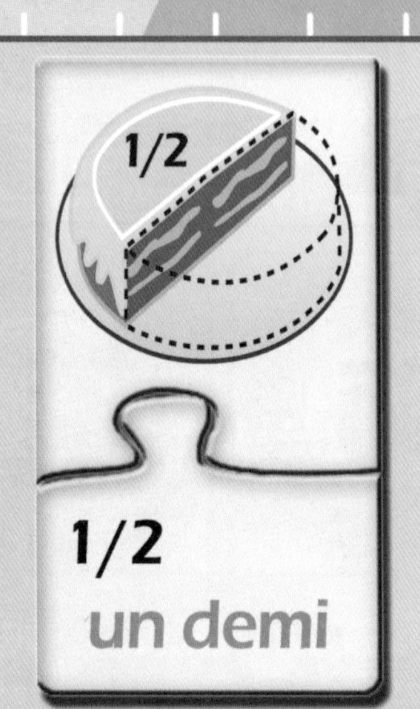

quatrième
第四的

cinquième
第五的

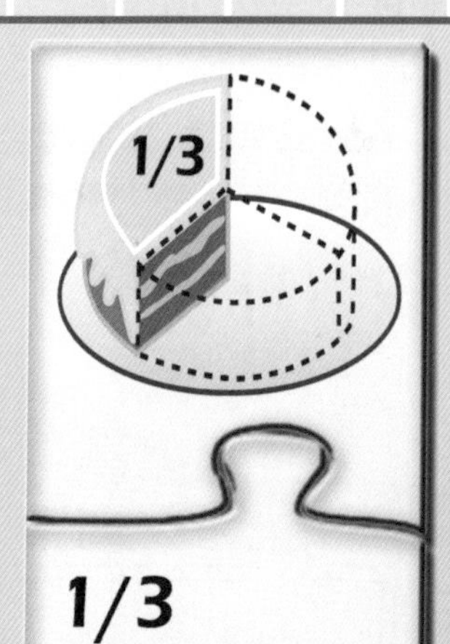

1/3
un tiers

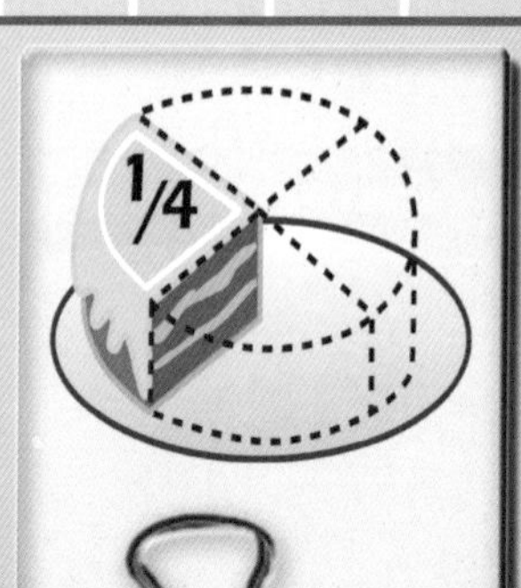

1/4
un quart

3/4
trois quart

33 形狀 la forme

CD-33

上課了！同學們，看著黑板上的圖形，來學習用法語說出各種形狀。

rectangulaire
四邊形的

triangulaire
三角形的

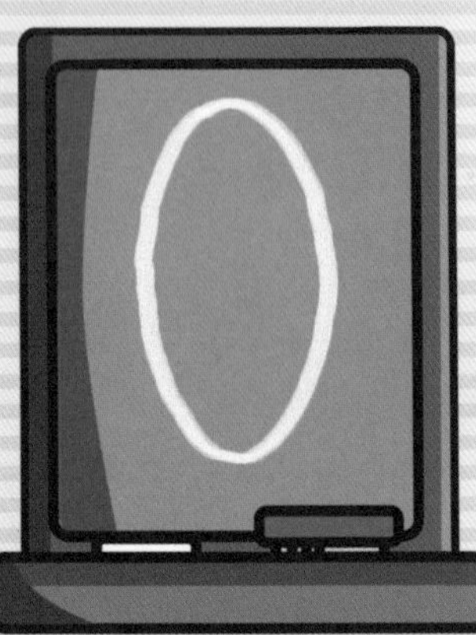

ovale
橢圓形的

rond
圓形的

le cube
立方體

la boule
圓球體

le cylindre
圓柱體
le cône
圓錐體
la pyramide
角錐體

34 顏色 la couleur

CD-34

　　調皮搗蛋的小朋友把各種顏色的油漆倒的到處都是。

　　你會用法語說出這些油漆的顏色嗎？

rouge 紅色的	orange 橘色的	jaune 黃色的	vert 綠色的

bleu
藍色的

violet
紫色的

noir
黑色的

blanc
白色的

除了上頁介紹的各種顏色以外，還有更多關於顏色的單詞。看看下面的花朵，學習如何用法語說出這些花的顏色。

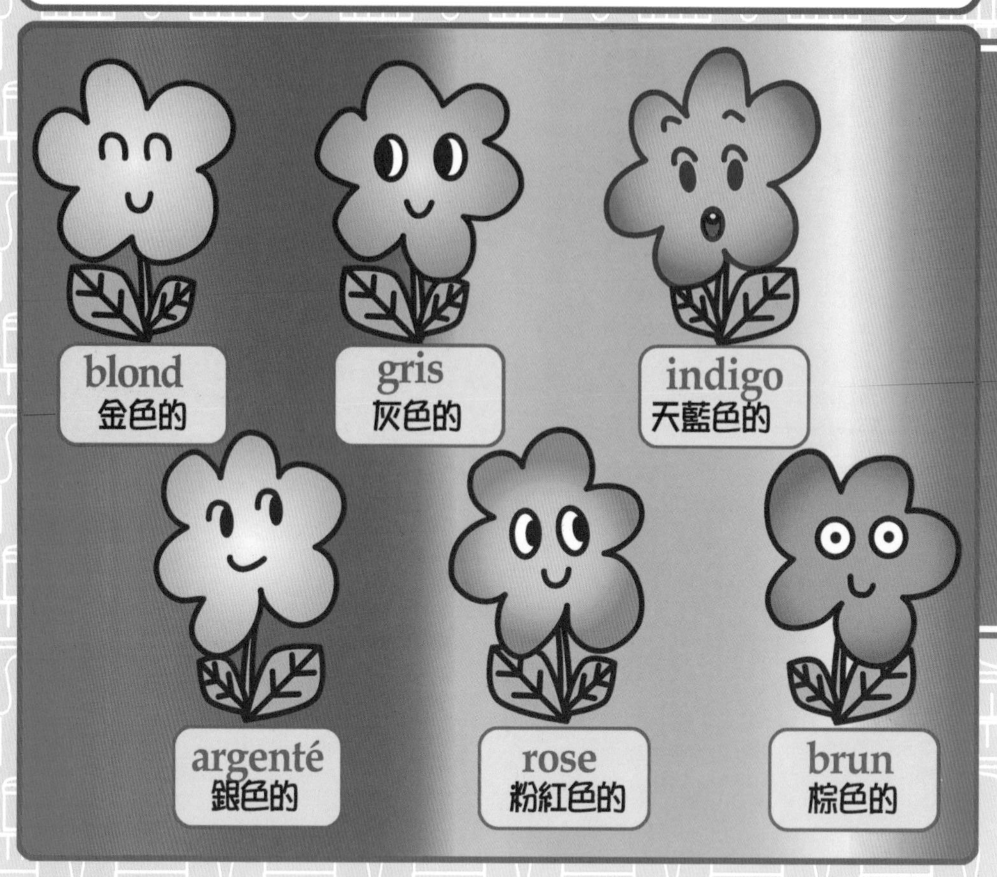

sombre
深色的

clair
淺色的

monochrome
單色的

en couleurs
彩色的

和顏色相關的表現法

Il trouve les raisins trop verts.

吃不到葡萄說葡萄酸。

原句的意思是「他覺得葡萄很綠」。法文用這句話，來說出「吃不到葡萄說葡萄酸」的意思。

C'est écrit noir sur blanc.

白紙黑字。

這是完全和中文類似的表現法。「C'est écrit noir sur blanc.」就是「白紙黑字」的意思。

35 時間 le temps

CD-35

Quel jour sommes-nous?

今天星期幾？

Nous sommes mercredi.

今天禮拜三。

在這個單元裡面，我們介紹各種和時間相關的表現法。你會用法文問別人今天禮拜幾嗎？

用法文詢問日子時，可以用「Quel jour sommes-nous?」這樣的問句。

年份 l'année(f.)

一星期的七天 LES JOURS

週一 lundi

週二 mardi

週三 mercredi

週四 jeudi

週五 vendredi

週六 samedi

週日 dimanche

Nous sommes le combien, aujourd'hui? 今天幾號？

Nous sommes le vingt-cinq avril. 今天是四月二十五號。

法語的日期要用序數表示。
比方說，我們要說今天是四月二十五號的話，用法語來表現是

Nous sommes le vingt-cinq avril.

序數

月份 le mois

一月 janvier
二月 février
三月 mars
四月 avril
五月 mai
六月 juin
七月 juillet
八月 août
九月 septembre
十月 octobre
十一月 novembre
十二月 décembre

手錶上的時間

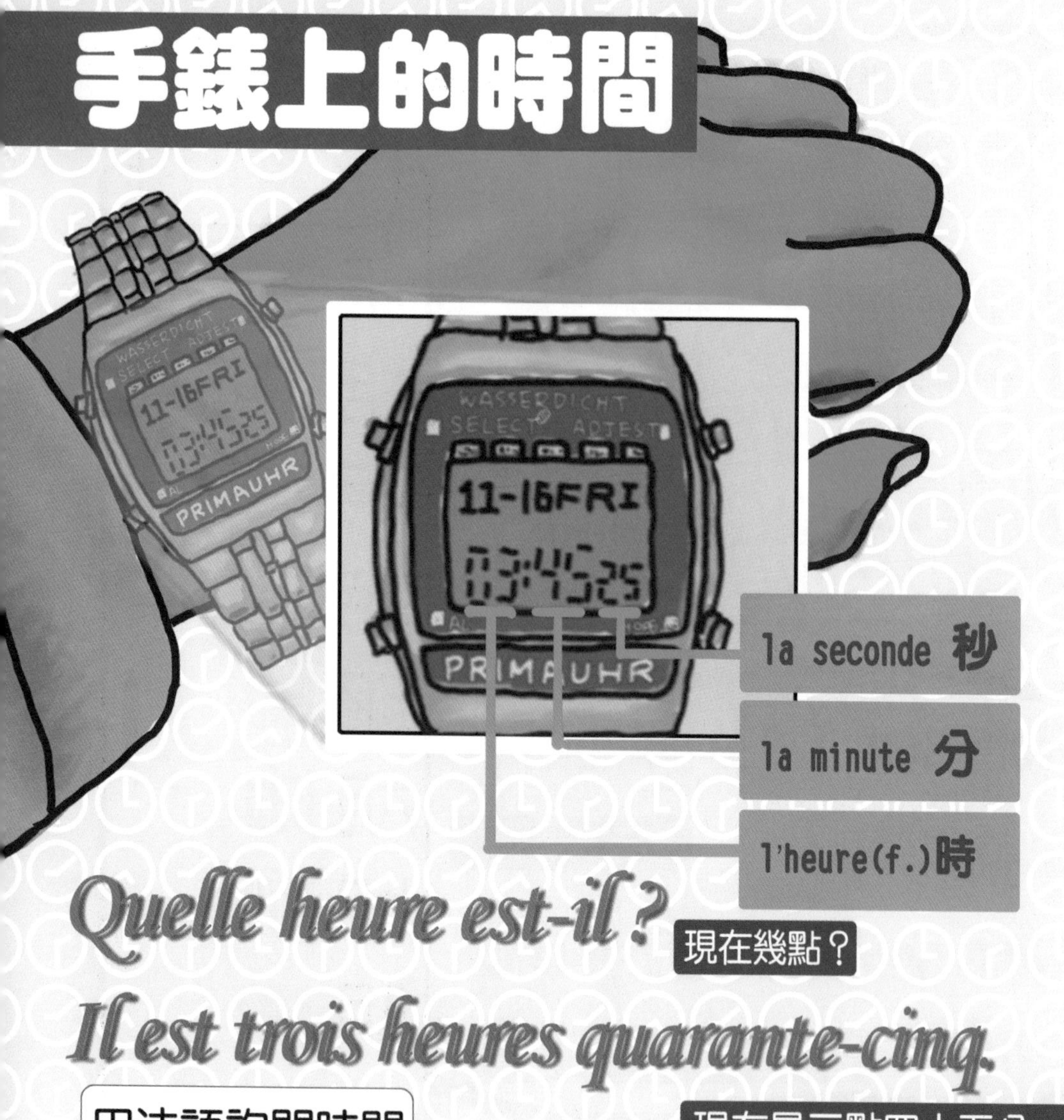

Quelle heure est-il? 現在幾點？

Il est trois heures quarante-cinq. 現在是三點四十五分。

用法語詢問時間

法語的「秒」是 la seconde，「分」是 la minute，「時」是 l'heure。

用法語詢問時間，可以用 Quelle heure est-il?這個問句。回答的時候，可以用 Il est + 時間 這樣的句型來告訴別人當時的時間。

法語時間的表達法

Il est ...

huit heures.

onze heures moins le quart.

deux heures et quart.

quatre heures sept.

neuf heures moins trois.

deux heures et demie.

用法語回答現在的時間

Il est dix heures moins neuf.

Il est neuf heures cinquante et un.

法語時間的說法有兩種。可以配合介系詞moins或是直接看數字說出。例如要說09:51的話，直接說出**Il est dix heures moins neuf.**或**Il est neuf heures cinquante et un.**都可以。

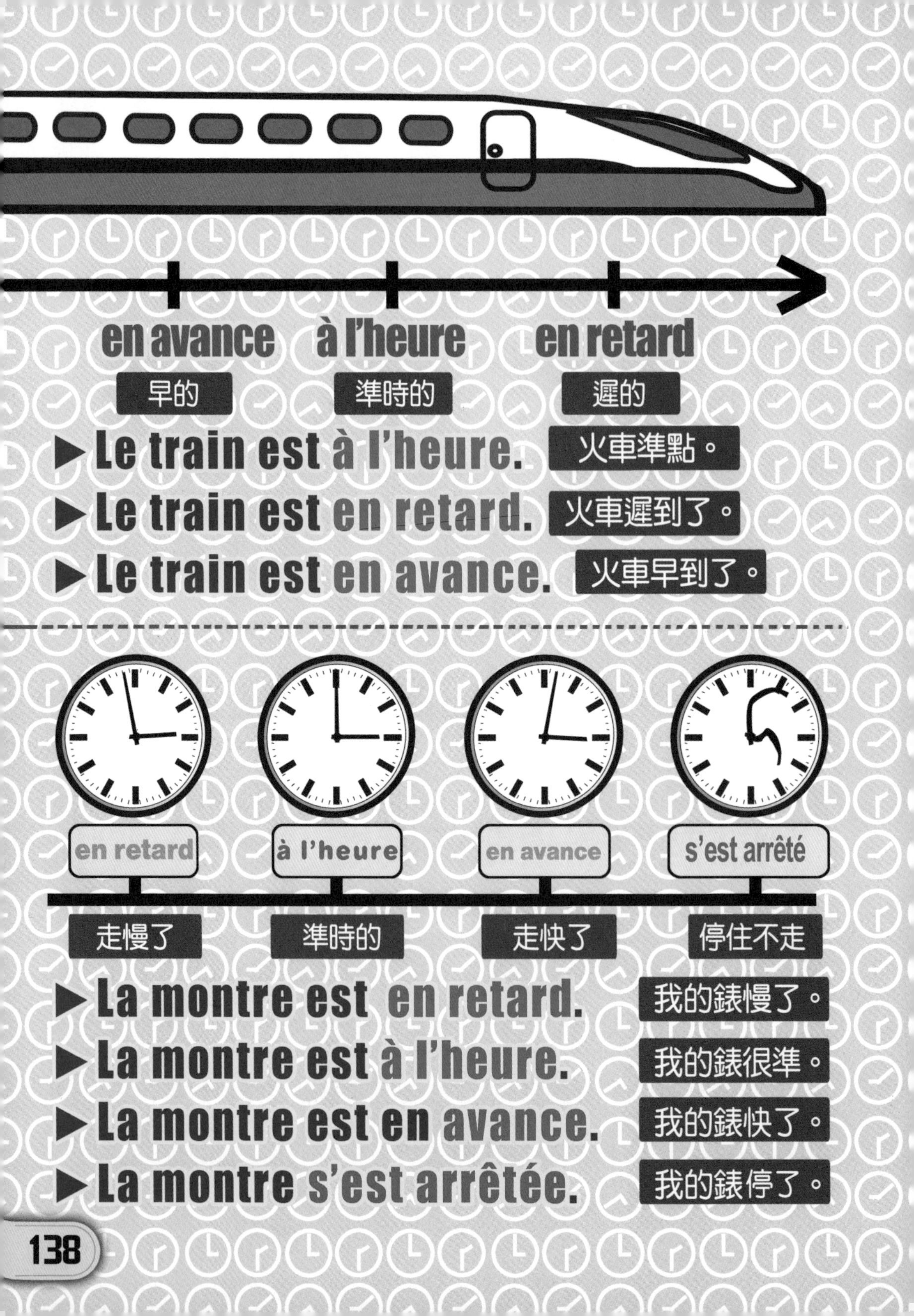
en avance
早的
à l'heure
準時的
en retard
遲的
▶Le train est à l'heure.
火車準點。
▶Le train est en retard.
火車遲到了。
▶Le train est en avance.
火車早到了。
en retard
走慢了
à l'heure
準時的
en avance
走快了
s'est arrêté
停住不走
▶La montre est en retard.
我的錶慢了。
▶La montre est à l'heure.
我的錶很準。
▶La montre est en avance.
我的錶快了。
▶La montre s'est arrêtée.
我的錶停了。

各種有用的時間表現法

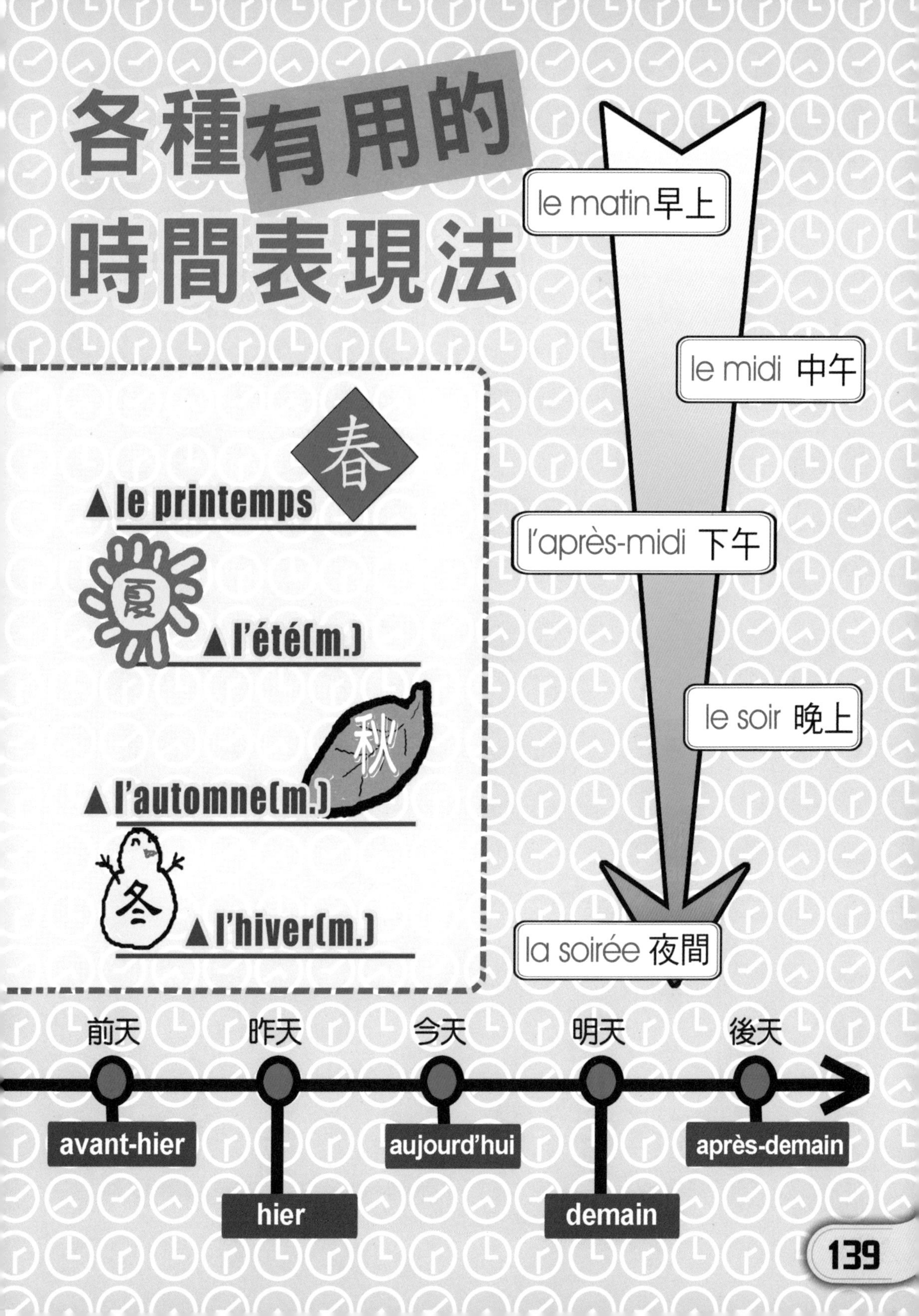
le matin 早上
le midi 中午
l'après-midi 下午
le soir 晚上
la soirée 夜間
春
▲le printemps
夏
▲l'été(m.)
秋
▲l'automne(m.)
冬
▲l'hiver(m.)
前天
avant-hier
昨天
hier
今天
aujourd'hui
明天
demain
後天
après-demain

36 節日 le jour férié

在筆記本上面記下了好多節日的法語說法。在最後一個單元裡，我們把所有的頁面都撕下來放在桌上。來個總複習，記下各種節日的說法。

la fête nationale

國慶日

la Saint-Valentin

情人節

l'anniversaire (m.)

生日

Pâques

復活節

les vacances d'été

暑假

les vacances d'hiver

寒假

法語索引 Index

A

B

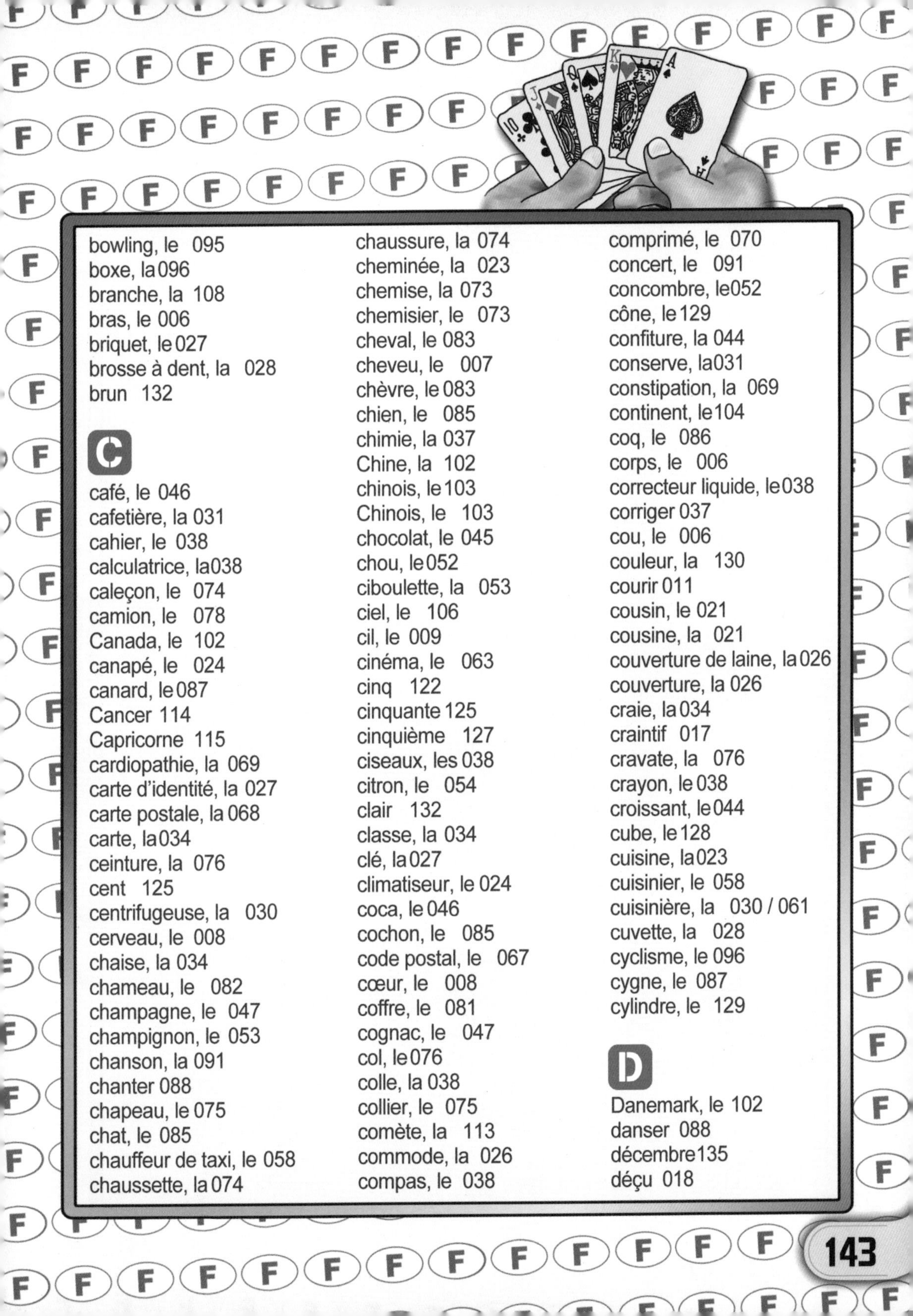

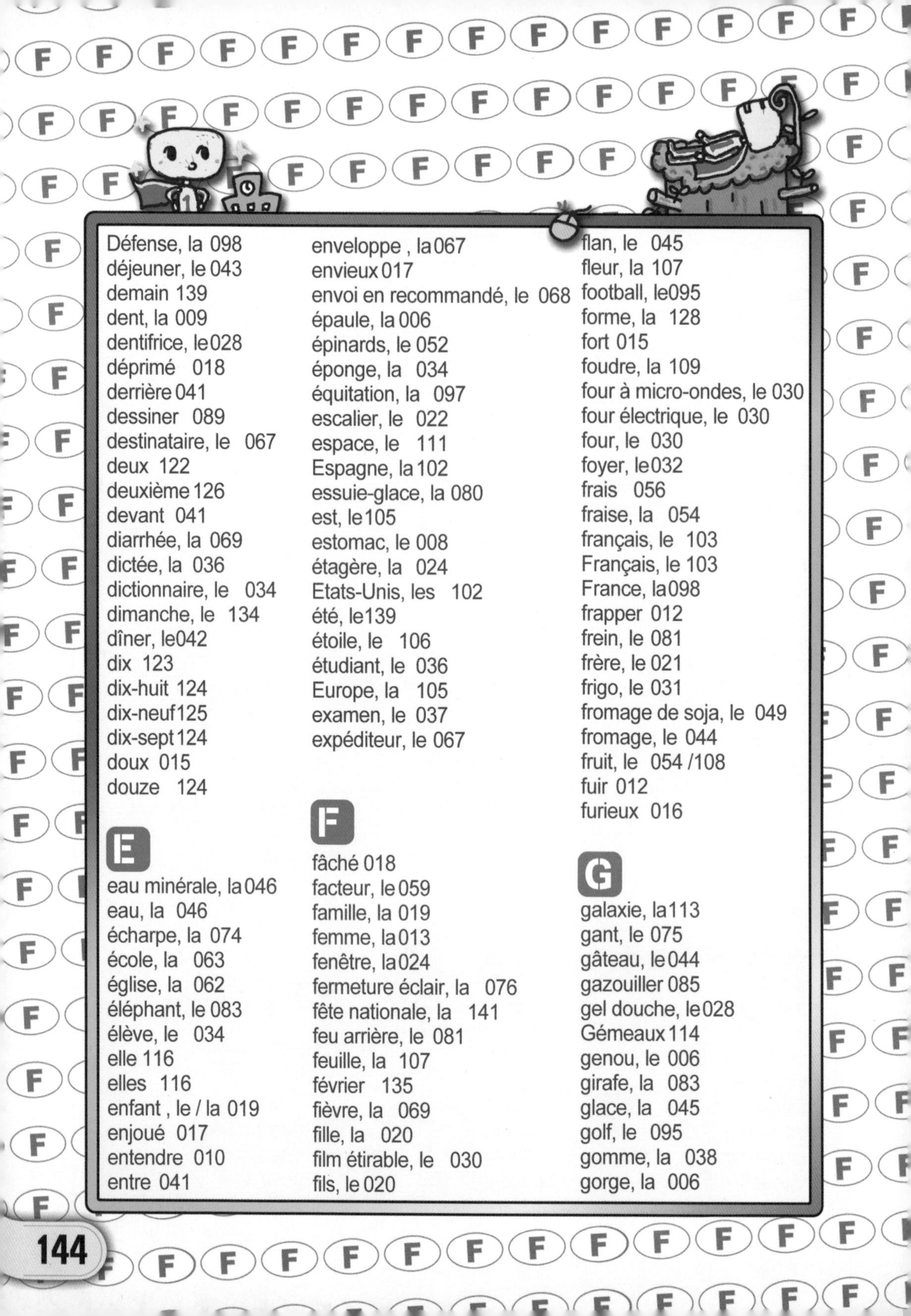

E

F

G

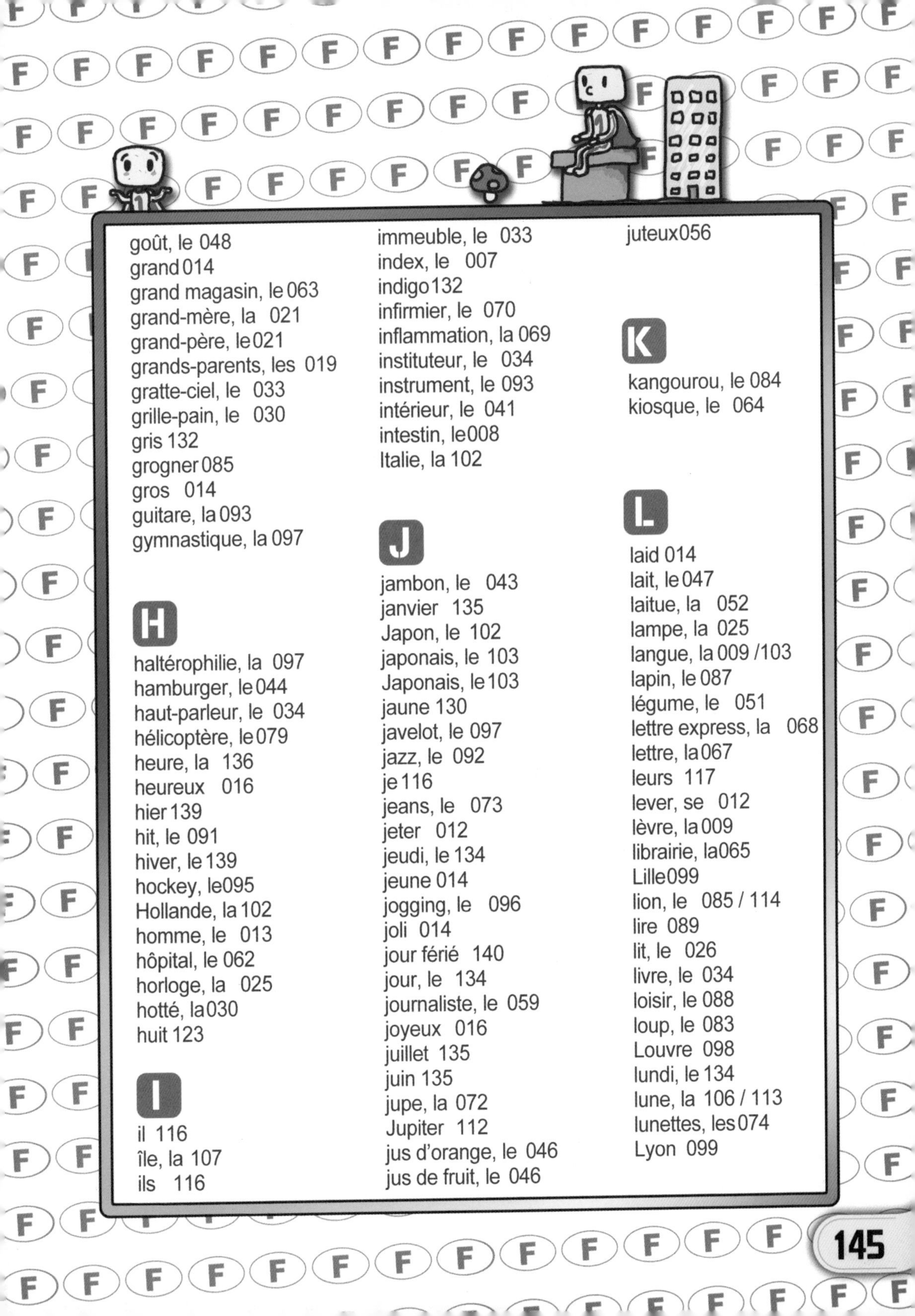

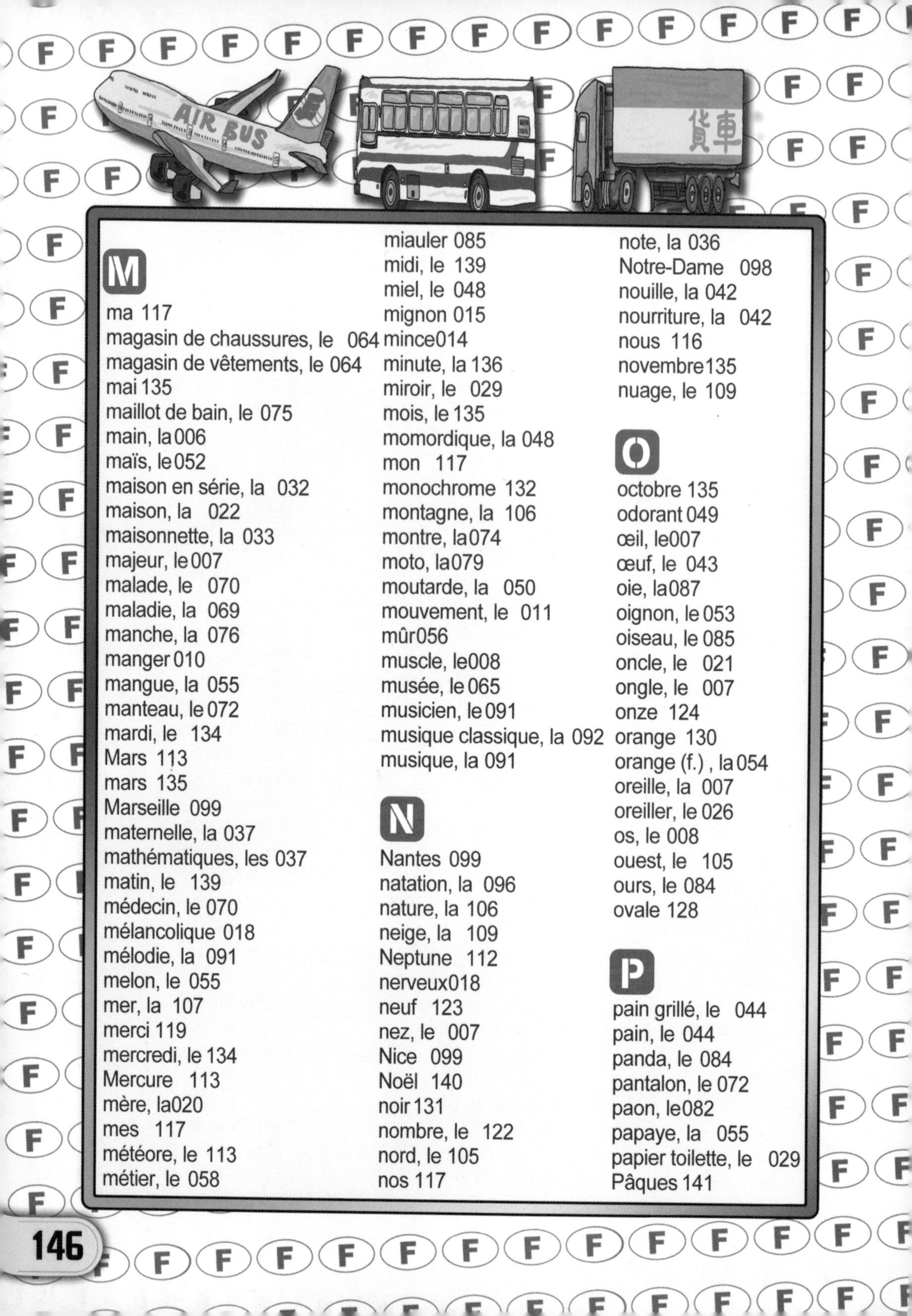

M

N

O

P

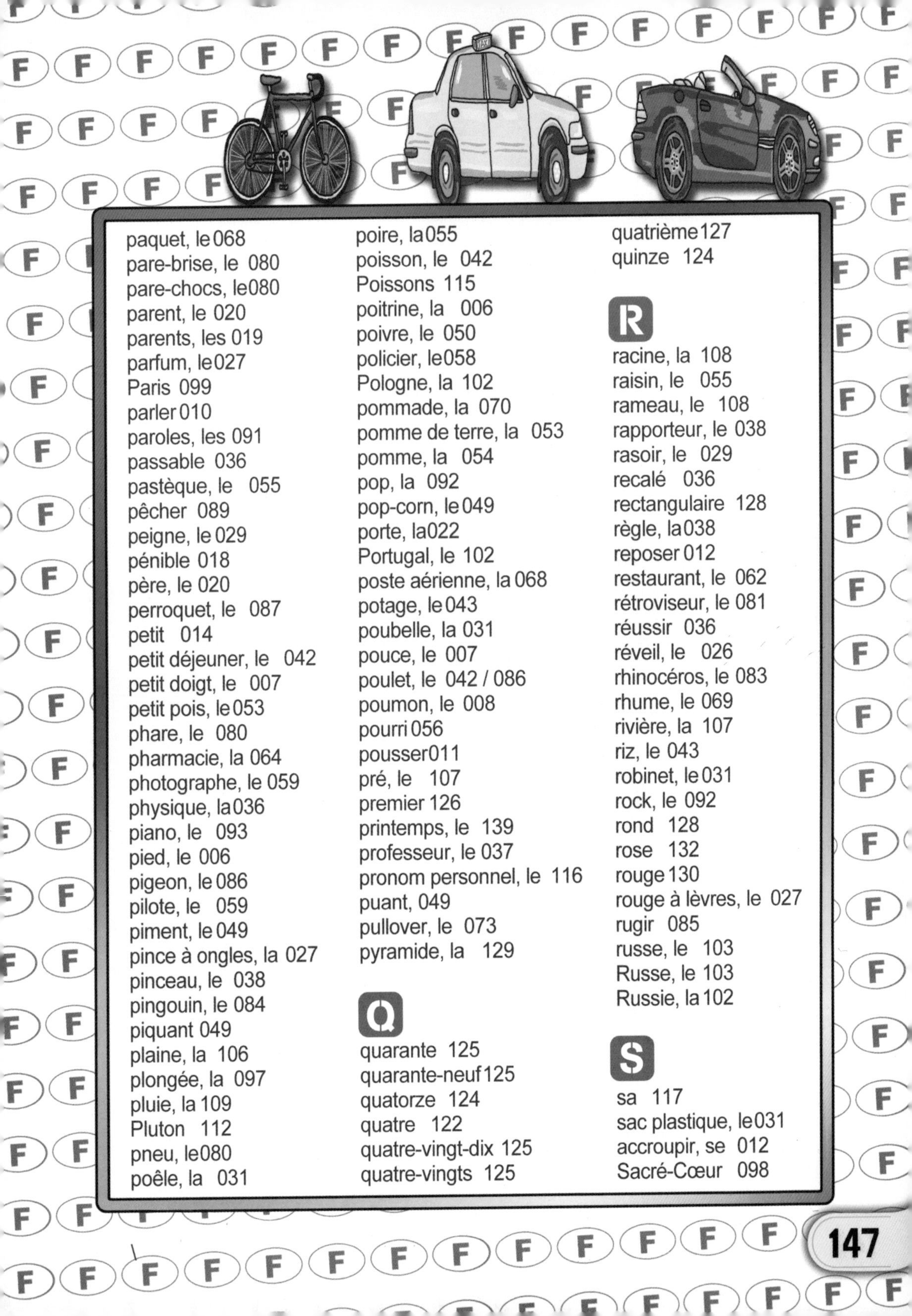

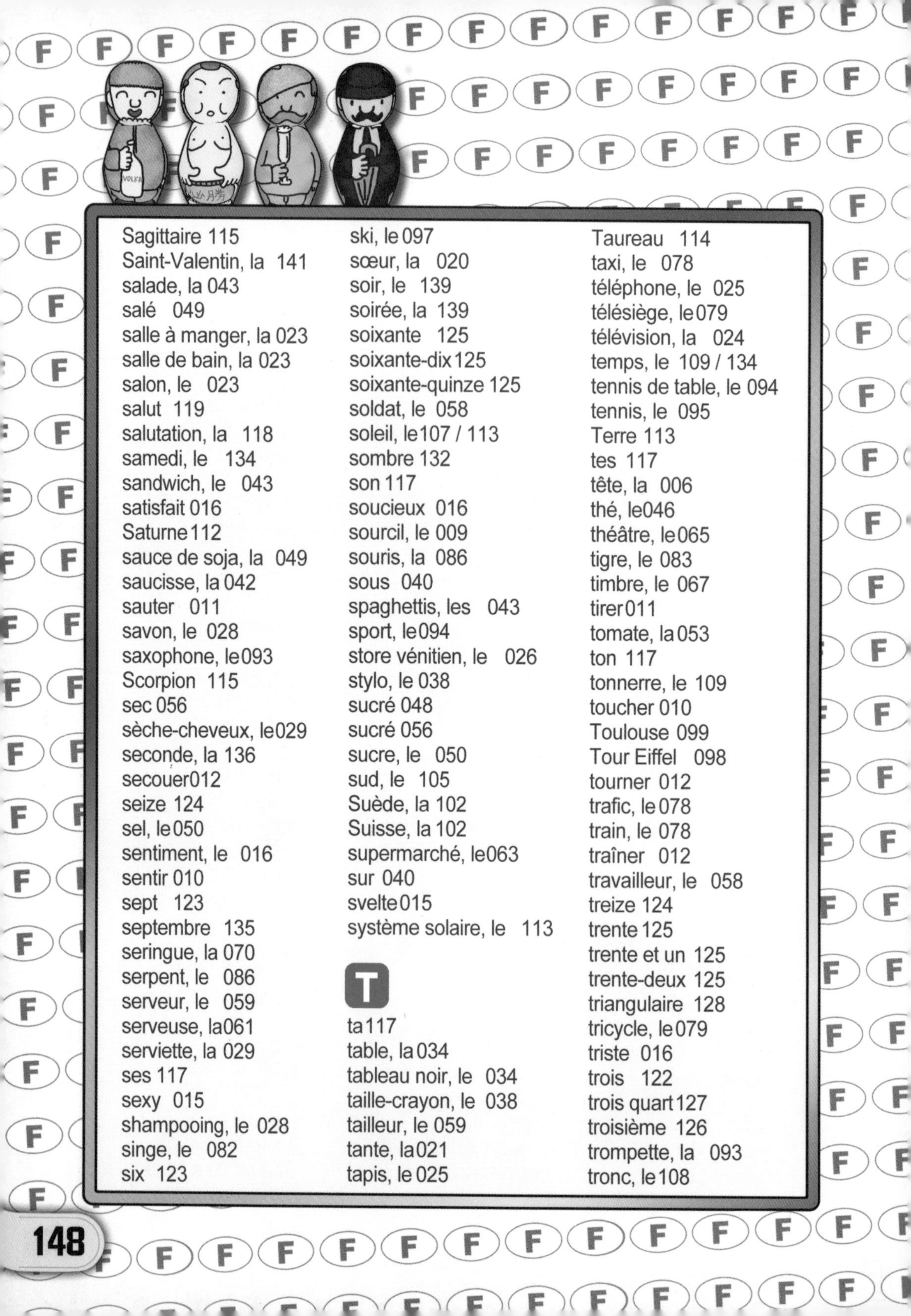

T

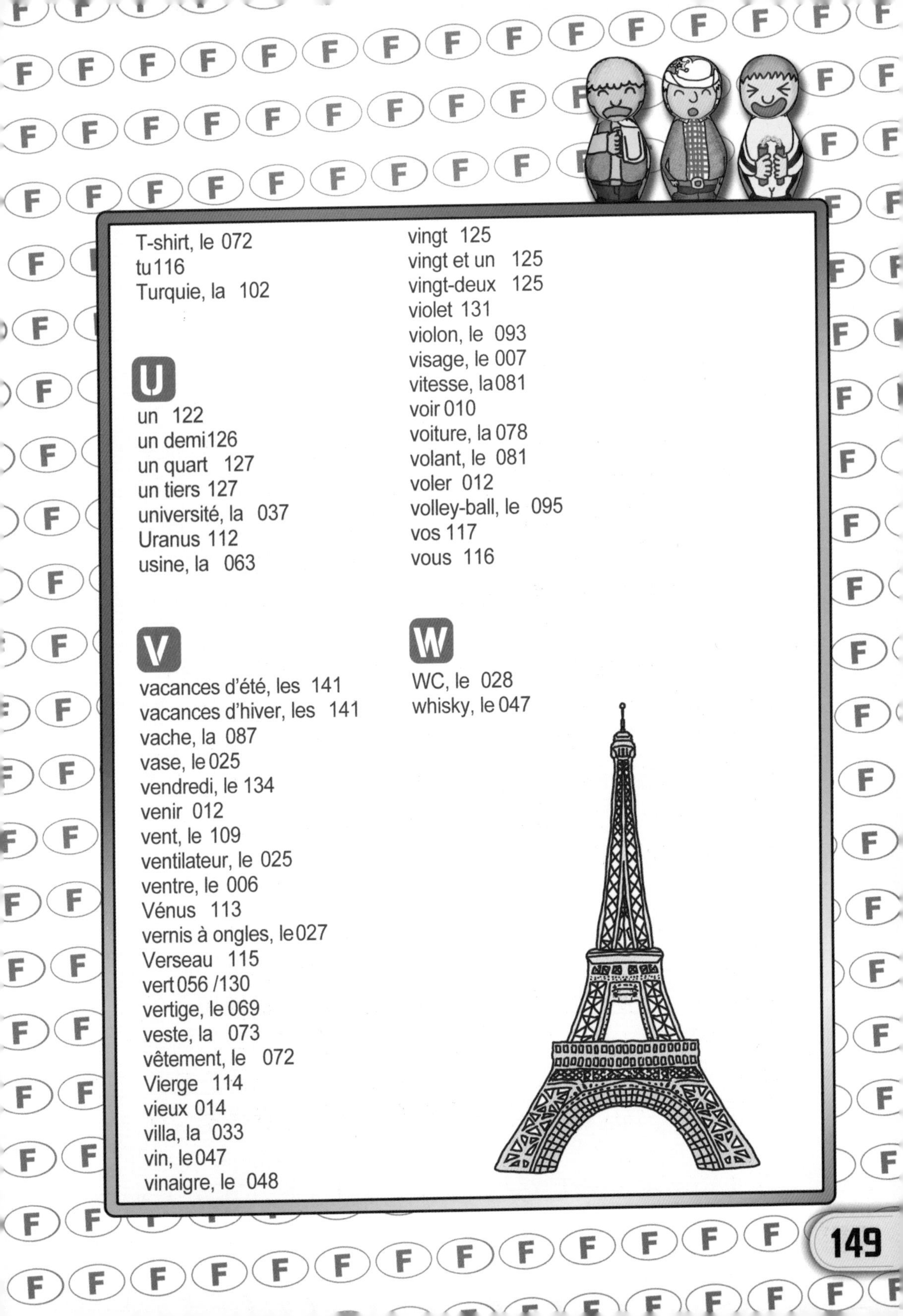

我夢想的法語教學書（後記）

有什麼比寫完這本書更有成就感呢？當作者也有編輯的概念，同時又身兼插畫及封面設計的時候，以前一本書裡各種不確定的因素，現在都可以牢牢地掌握在自己的手中。雖然製作的過程辛苦又漫長，不過每一個工作的日子都覺得自己過得很踏實，每一個製作完的頁面都讓自己感到很滿意。能夠從無到有、一筆一筆地畫完整本書，是我很引以為傲的事情。

如果仔細看我獻寶的作品，可以發現我的用心：這本書的每一個版型都不一樣，根據不同的單元，發揮創作設計的巧思，配合特別風格的底圖，來呈現各個單元中的單詞。我常想，如果我學法文的時候也有這樣的書就好了。這是我夢想中的法語教學書。希望學習法語的你也會喜歡它。

「法語大獻寶」是我第一次從主編跨足做插畫及封面設計。透過實做，我學到很多實用的美編知識，也遭遇了不少的版面設定上的困難。剛開始我專心呈現圖畫的美，忘了控制版心的大小，導致觀看時很有壓迫感。還有本來25開大小的企畫，到了出書之前，突然改成20開也讓我吃足了苦頭。當然，最後呈現在你面前的書，還是有不完美的地方。如果親愛的讀者有任何批評指教的話，請不吝讓我知道，我會在未來的出版企畫裡，盡量把所有的一切做到完美。

這本書可以順利地出版，我首先要感謝的是我的主管郁芬姐。很感謝她信任我、讓我盡情發揮自己的能力。從每張圖的線條及色彩，都可以感受到我是很快樂地、很安心地在工作。除了郁芬姐以外，我也要感謝我的老闆楊榮川先生，給我這種快樂的、這種安心的工作環境。

當然我還要感謝我的法語老師。尤其是沈中衡老師。雖然他的工作忙碌，不過在百忙之中，還是抽空幫我審定了我的獻寶之作，讓我的小書，更增添了權威的保證。

謝謝大家，也謝謝各位讀者買了這本書。我會繼續用心地寫作更多法語的學習書，希望這本書能夠真的幫助你快速學習法語，讓你的法文更上一層樓。

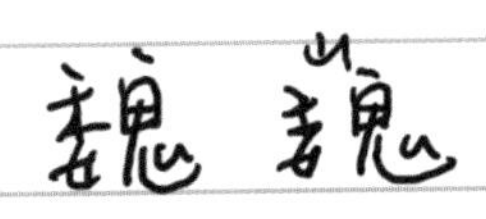

國家圖書館出版品預行編目資料

法語大獻寶 法蘭西國民手冊 / 魏 巍 繪著.
初版-. 台北市：書泉, 2009. 02
面； 公分. --(法語教室01)
ISBN:978-986-121-448-1 (平裝附光碟片)
1.法語 2.詞彙
804.52 97023297

3A84 法語教室01

法語大獻寶 法蘭西國民手冊

作 者：魏 巍
發行人：楊榮川
總編輯：龐君豪
主 編：魏 巍
插 畫：魏 巍
封面設計：魏巍
出版者：書泉出版社
地 址：106 台北市大安區和平東路二段339號4樓
電 話：(02)2705-5066 傳 真：(02)2706-6100
網 址：http://www.wunan.com.tw
電子郵件：shuchuan@shuchuan.com.tw
劃撥帳號：0 1 3 0 3 8 5 3
戶 名：書泉出版社
總經銷：聯寶國際文化事業有限公司
電 話：(02)2695-4083
地 址：台北縣汐止市康寧街169巷27號8樓
法律顧問：元貞聯合法律事務所 張澤平律師
出版日期：2009年02月初版一刷
2009年10月初版二刷
定 價：新台幣280元